NHKオトナヘノベル

自分コンプレックス

NHK「オトナヘノベル」制作班 編

金の星社

NHKオトナヘノベル

自分コンプレックス

本書は、ＮＨＫ Ｅテレの番組「オトナヘノベル」で放送されたドラマのもとになった小説を、再編集したものです。

番組では、おもに十代の若者《わかもの》が悩《なや》んだり困《こま》ったり、不安に思ったりすることをテーマとして取り上げ、それに答えるような展開《てんかい》のドラマを制作していました。人が何かに悩《なや》んだとき、それを親にも友だちにも、また学校の先生にも相談しにくいことがあります。そんな悩《なや》み事《ごと》を取り上げて一緒《いっしょ》に考え、解決にみちびく手がかりを見つけだそうとするのが「オトナヘノベル」です。

取り上げるテーマは、男女の恋愛《れんあい》や友人関係、家族の問題、ネット上のトラブルなどさまざまです。この本では、**「コンプレックス」「苦手《にがて》意識」**をテーマとした作品を集めました。いずれもＮＨＫに寄せられた体験談や、取材で集めた十代の声がもとになっているので、視聴者《しちょうしゃ》のリアルな体験が反映《はんえい》されています。

もくじ

著者紹介

みうら かれん

兵庫県生まれ。大阪芸術大学文芸学科卒業。『夜明けの落語』で第52回講談社児童文学新人賞佳作を受賞。ほかに『なんちゃってヒーロー』『おなやみ相談部』『おしごとのおはなし　新聞記者　新聞記者は、せいぎの味方？』（いずれも講談社）、「化け猫 落語」シリーズ（講談社青い鳥文庫）、ノベライズ作品『小説 チア☆ダン』（角川つばさ文庫）などの著書がある。

長江 優子（ながえ ゆうこ）

東京都生まれ。武蔵野美術大学卒業。構成作家、児童文学作家。『タイドプール』で第47回講談社児童文学新人賞佳作を受賞。ほかに『ハンナの記憶 I may forgive you』『木曜日は曲がりくねった先にある』『ハングリーゴーストとぼくらの夏』『百年後、ぼくらはここにいないけど』（いずれも講談社）などの著書がある。

合わせ鏡のココロ

みうらかれん

1　いちばんの親友

「しかし、心《こころ》と道子《みちこ》って、ほんとになかよしだよね」

休み時間、友だちの千穂《ちほ》にそう言われて、わたしは思いっきり胸《むね》をはる。

「そりゃ、道子《みちこ》はわたしの大親友だからね！」

わたしの言葉に、道子《みちこ》が隣《となり》で「ねー」と愛らしい返事をしてうなずいた。

「なになに？　また心《こころ》と道子《みちこ》が夫婦漫才《めおとまんざい》やってんの？」

わたしたちのやりとりを聞いていた結衣《ゆい》が、笑いながら話に入ってくる。

この一年二組の教室でいつも繰《く》り広《ひろ》げられる、お決まりのやりとり。

わたし、関内心《せきうちこころ》と、宮原道子《みやはらみちこ》は、約一年前、中学三年生のときに意気投合した大親友だ。この春、無事に同じ高校に合格して、奇跡的《きせきてき》に同じクラスになれた。

ほとんど知り合いのいない状態で始まる高校生活。楽しみな反面、不安もあったけど、道子《みちこ》がそばにいてくれるのがとても心強かった。

道子《みちこ》が隣《となり》にいてくれるだけで、わたしはいつも自然体でいられる。そのおかげで、高校でもすぐに新しい友だちがたくさんできた。

特に、さばさばしていてかっこいい千穂《ちほ》、元気いっぱいで活発な結衣《ゆい》は、今までいなかったタイプの友だちで、話していてすごく楽しいし、新鮮《しんせん》な気分になる。

「あんたたちって、まるで長年つれそった熟年《じゅくねん》夫婦だよねぇ」

千穂《ちほ》がおばあちゃんみたいな口調でそうこぼすと、道子《みちこ》が、待ってましたとばかりに、きらきらした笑顔《えがお》で言う。

「と、思うでしょ!?　でも、わたしとココちゃんは、中学三年のはじめに仲良くなったんだー。だから、これでもまだ、つきあい出して一年ちょっとなんだよー」

「知ってる。何十回も聞いた。……けど、意外なんだよなー。そんな短いつきあいで、そこまで息ぴったりって」

「へへ。わたしとココちゃんの関係はね、長さじゃないんだよ」

そこで、わたしもすかさず道子《みちこ》の発言に乗っかる。

「道子《みちこ》の言う通り、わたしたちは、いわば運命の赤い糸で結ばれてるわけよ。ほら、ロミオとジュリエットだって、会った瞬間《しゅんかん》にビビッときたわけじゃん？」

「そう！　つまり、ココちゃんは、わたしのロミオ様！」

「おぉ、愛《いと》しのジュリエット！……って、それじゃあ悲恋《ひれん》で終わっちゃうでしょうがっ！」

「おっと、それは失礼いたしました、なんつって！　いえーい！」

「うぇーい！」

わたしと道子《みちこ》は適当なかけ声に合わせて、ハイタッチをかわしつつ、けらけらと笑いあう。ボケとツッコミの息もぴったり。まるでお互《たが》いに考えていることがわかっているような、以心伝心《いしんでんしん》、阿吽《あうん》の呼吸《こきゅう》の会話。

千穂《ちほ》と結衣《ゆい》は、わたしたちがじゃれあうのを、あきれ顔でながめている。

「いやー、心《こころ》って、どこのクラスにも知り合いいるし、男子ともふつうに仲いいし、友だちとかめっちゃ多そうだけど、道子《みちこ》といるときがダントツで楽しそうだよね」

「言えてる。目のかがやきがちがうもん」

「当然でしょ！　いちばんの親友だし！　道子《みちこ》とわたしの友情は、一生だから！」

わたしと道子《みちこ》が、肩《かた》を組んで、「ねー」と口をそろえると、千穂《ちほ》と結衣《ゆい》が「さすがのバカップルっぷりだわぁ」と笑う。

そう、わたしと道子《みちこ》は大の親友。これからもずっと一緒《いっしょ》。

それが、何よりも幸せなのだと思っていた——このときは、まだ。

2 違和感《いわかん》の芽

きっかけは、ほんの些細《ささい》なことだった。

授業が終わって休み時間、いつものように道子《みちこ》の席まで行くと、机《つくえ》の上に見覚えのあるペンが転がっていた。持ち手がマーブル模様《もよう》になっているピンクの蛍光《けいこう》ペン。

「あれ？　道子《みちこ》、そのペン……」

「あ、気づいた？　ココちゃんが持ってるの見て、かわいいなぁと思ったから、わたしも同じの買っちゃった。使いやすいし、いいね、このペン」

道子《みちこ》は、にこにこしながらわたしとおそろいのペンを見せてくる。

「あー……うん。いいよね、それ」

そうこたえながら、ぼんやり考える。

そのペンは、数週間前に、わたしが輸入雑貨のお店で買ったのと同じもの。そんなにめずらしいものでもないけど、近所の文具店にあるようなものでもない。どこで買ったかなんて教えてないのに、よく道子《みちこ》は同じものを見つけられたなぁと思う。

思い出してみると、去年もときどき、こういうことがあった。わたしが気に入っているものを道子《みちこ》に見せると、しばらくして、道子《みちこ》が「同じの買っちゃった！」とうれしそうに見せてくること。

先生やまわりの人に、「わたしが道子《みちこ》のまねをした」と誤解《ごかい》されたらいやだなぁとは思っていたけど、道子《みちこ》に悪気《わるぎ》がないことはわたしがいちばんよく知っている。わたしと道子《みちこ》はそれだけ気が合うんだ、と自分に言い聞かせて、とりあえず気にしないようにしていた。

だからこのときも、ちょっともやっとはしたけど、「あぁ、またか」と軽く思っただけだった。

「あっ、道子《みちこ》、何そのペン。めっちゃかわいい!」

「こんなの売ってるの、見たことないなぁ」

いつものように、千穂《ちほ》や結衣《ゆい》がわたしたちのそばにやってきた。道子《みちこ》と三人で、ペンをかこんでわいわいと盛《も》り上《あ》がっている。

「かわいいでしょー? しかも、使いやすいの! ココちゃんとおそろいなんだよー」

「へー。道子《みちこ》も心《こころ》もセンスいいなぁ」

結衣《ゆい》にそう言われて、道子《みちこ》は得意げにほほえむ。「やったね、ココちゃん!」とうれしそうに。

でも、結衣《ゆい》の言葉が微妙《びみょう》に引っかかる。

道子《みちこ》も心《こころ》も……って。そんな言い方されたら、まるでわたしが道子《みちこ》のまねをしたみたいじゃん。逆だってば。

でも、こんなちっぽけなことで怒《おこ》るわけにもいかない。ほめられてるんだし、むしろ喜ばないと。

もやもやした気分のまま、なんとなく一歩離《はな》れたところからみんなを見ていたら、道子《みちこ》が「ココちゃん！」と、わたしに満面の笑《え》みを向けてきた。

「千穂《ちほ》ちゃんと結衣《ゆい》ちゃんが、今度の土曜日、カラオケ行こうって！　ココちゃんも一緒《いっしょ》に行くよねっ？　ねっ!?」

道子《みちこ》に笑顔《えがお》で誘《さそ》われて、わたしは「あ、うん」とどこか気のぬけた返事をした。

3　写《うつ》し鏡《かがみ》のコーディネート

土曜日、わたしが待ち合わせ場所の駅前に着いたときには、もう三人とも到着《とうちゃく》していた。この四人で待ち合わせをすると、いつもこうなる。待ち合わせ場所に到着《とうちゃく》する順番は、ほぼ確実に、道子《みちこ》、千穂《ちほ》、結衣《ゆい》、わたし。

手を振《ふ》るわたしに気づいた結衣《ゆい》が、拳《こぶし》を振《ふ》り上《あ》げながら、怒《おこ》るふりをして叫《さけ》ぶ。

「こらー、心《こころ》！　遅《おそ》い！　待ち合わせ時間、とっくにすぎてるぞー！」

「いやー、ごめんごめん。でも、五分だけじゃん。いつもならもっと――」

と言いかけて、わたしは続きの言葉を飲みこんだ。

待ち合わせ場所で手を振《ふ》っている道子《みちこ》の服装《ふくそう》が、上から下まで、わたしにそっくりだったから。一瞬《いっしゅん》、鏡を見ているのかと思った。

わたしが思わず黙《だま》りこむと、道子《みちこ》はのほほんとした顔でわたしに笑いかけた。

「今日は、ココちゃんにしては早いほうだよね」

遅刻《ちこく》したわたしへのさりげないフォローを忘《わす》れない、いつもの道子《みちこ》。でも、服装《ふくそう》のことが気になって、その言葉も耳に入らない。

厳密《げんみつ》に言うと、道子《みちこ》が着ているものは、わたしとまったく同じというわけじゃない。まちがいさがしのようによく見比べてみれば、微妙《びみょう》に色味や形は異《こと》なる。

だけど、色の組み合わせまで同じチェックのシャツに、ネイビーのAラインスカート。ソックスから靴《くつ》、バッグまで、色や雰囲気《ふんいき》は丸かぶりしていて、ぱっと見は、ほぼ同じかっこうに見える。

昨日の夜、*SNSのグループで「なに着ていく?」という話になったから、わたしはなにげなく、「明日のコーデはこれで決まり!」と、画像をアップした。道子《みちこ》ももちろんそれを見ていたから、わたしが今日なにを着てくるかは、知っていたはず。


SNS……メッセージのやりとりや、写真の投稿《とうこう》・共有などができる、コミュニティ型のインターネットサービス。

つまり、道子《みちこ》はわざとわたしに合わせたかっこうをしてきたということだ。

たとえば、全体的な雰囲気《ふんいき》が似ているとか、どれかひとつが同じアイテムだとか、それくらいなら、わたしも笑ってネタにできた。でも、まさか、ここまでわたしにそっくりなかっこうで来るなんて、ちょっと笑えない。

わたしがそんなことを考えているとも知らない千穂《ちほ》と結衣《ゆい》は、わたしたちの服装《ふくそう》を見比べて、わっと声をあげる。

「え、ちょっと待って。心《こころ》と道子《みちこ》の服、めっちゃかぶってるじゃん」

「おー、さすがバカップル。わざわざ二人で合わせてきたのー？」

そりゃ、この服装《ふくそう》を見たら、ふつう、二人で相談して合わせてきたと思うだろう。わたしはそんなつもりじゃなかった、なんて言ったって、信じてもらえるかどうか。

わたしがあいまいな笑顔《えがお》を浮《う》かべていると、道子《みちこ》がいつものようににこにこしながら、スカートの裾《すそ》をつまむ。

「この組み合わせ、かわいいよね！　ココちゃんの写真があんまりすてきだったから、うちにある服、ぜーんぶ引っぱり出してきて、なるべく似てる服、さがしちゃった！」

道子《みちこ》が、なんの悪意も感じさせない笑顔《えがお》でそう言うと、結衣《ゆい》がくすくすと笑う。

「さすが道子《みちこ》、愛《いと》しのロミオ様への愛が深いねぇ」

「でしょー？」

道子《みちこ》と結衣《ゆい》は楽しそうに盛《も》り上《あ》がっているけど、わたしの胸《むね》の内では、もやもやした違和感《いわかん》が渦巻《うずま》いている。

……でも、まぁ、双子《ふたご》コーデとかもあるしね。道子《みちこ》だって、わたしのコーディネートがすてきだったからまねしてくれたわけだし。それだけ趣味《しゅみ》が合うってことなんだから。

気にしない、気にしない。

脳内《のうない》で呪文《じゅもん》のように唱えながら、わたしは小さく息をすいこんだ。そして、いつものおどけた調子で道子《みちこ》の肩《かた》を抱《だ》いた。

「そりゃ、わたしと道子《みちこ》はいつでも以心伝心《いしんでんしん》だからね！　自然とこうなるわけよ！」

笑顔《えがお》で言うと、千穂《ちほ》と結衣《ゆい》は「さすが夫婦」とつっこみながら、楽しそうに笑う。

……ほら。ウケてるし、結果オーライじゃん。

「それより、早く行こ！」

わたしがちょっと早足で歩き出すと、道子《みちこ》がひょこひょことわたしの隣《となり》にやってきて、そっと耳打ちしてきた。

「ねぇ、ココちゃん」

「ん？」

「そのシャツとかバッグは、どこのやつか、調べたらわかったんだけど、スカートだけわからなかったんだ。よかったら、どこで買ったのか、あとで教えて？」

「えっ……？」

「今度、同じやつ、買いに行きたいなーって思って！」

「同じやつって……」

今、わたしが着ている服は、どれもそんなに特殊《とくしゅ》なものじゃない。すごいブランド品ってわけじゃないし、色や形だって、よくあるものばっかりだ。そもそも、道子《みちこ》の服だって、ぱっと見はわたしのものと同じに見える。

それなのに、まったく同じスカートを買いに……？　っていうか、シャツとかバッグは調べたらわかったって、あんな小さな写真から、わざわざわり出したってこと？

「わたし、ココちゃんと同じ服がほしいの！」

でも、道子《みちこ》があまりにも曇《くも》りのない笑顔《えがお》で言うので、わたしは少し動揺《どうよう》しながらも、

「うん」とこたえるしかなかった。

4 なんでも一緒《いっしょ》の恐怖《きょうふ》

待ち合わせのときはちょっと微妙《びみょう》な空気だったけど、やっぱり道子《みちこ》たちとしゃべるのは楽しい。歩きながら、くだらない話で盛《も》り上《あ》がっていたら、服装《ふくそう》のこともだんだん気にならなくなった。

昼すぎ、カラオケの前にまずは腹《はら》ごしらえということで、わたしたちはファミレスにやってきた。メニューをテーブル中央に広げて、みんなでそれをのぞきこむ。

「あたしはドリアで」

一秒も迷わずにさらっとそう言って、千穂《ちほ》が真っ先にメニューを指さす。

「千穂《ちほ》、いつもそれだね」

わたしがあきれてそう言うと、千穂《ちほ》はけろっとした顔でこたえる。

「だって好きなんだもん。定番にはずれなしじゃん。あたし、冒険《ぼうけん》はしない主義なの」

どちらかというと、いろんなものをためしたい派《は》のわたしとしては、ここまで言い切れる千穂《ちほ》にちょっとあこがれる。

結衣《ゆい》も、直感にしたがってすぐに決断するタイプ。さっさとクリームパスタを選んで、「心《こころ》は？　決めた？」とせかしてくる。

「うーん……。ハンバーグか、キノコの和風パスタの二択《たく》までは絞《しぼ》ったんだけど……、どうしよっかなー……」

値段《ねだん》もそうかわらないし、どっちもおいしそうだ。

ふたつのメニューを見比べて悩《なや》んでいたとき、ふと気づいた。

隣《となり》にすわっている道子《みちこ》が、どこかぼーっとした表情でメニューをながめている。まるで、心ここにあらず、って感じ。

「道子《みちこ》は？　どれにするか、決まった？」

そうたずねると、道子《みちこ》ははっとしたように顔を上げて――にこっとほほえんだ。

「ココちゃんと同じのにする。ココちゃん、好きなの選んで！」

「えっ？　あ、そう……あー……じゃあ、ハンバーグにしよっかな」

わたしの指は、自然とハンバーグをさしていた。道子《みちこ》はキノコが苦手《にがて》だってことを知っていたから。

すると道子《みちこ》がうれしそうに、わたしの指先に自分の指先をくっつける。

「じゃあ、わたしもそれ！」

……まぁ、どうせわたしも迷ってたし、決めるきっかけになってちょうどよかったかな。結局、ハンバーグを選んだのはわたし自身なんだし、なんの問題もない。

しばらくして運ばれてきたハンバーグがふたつならんだのを見て、千穂《ちほ》たちが笑う。

わたしと道子《みちこ》も、顔を見合わせて、いつものようにおどけてみせた。

「やっぱりおいしいね！　ココちゃんと同じのにしてよかった！」

そう言われてうれしいはずなのに、わたしはどこかあいまいな笑顔《えがお》でうなずくことしかできない。

好きなはずのハンバーグは、どこか味気なく感じた。


お昼ご飯のあとはカラオケ。今日のメインイベント。

だけど、カラオケ中にも、やっぱり気になることがあった。

「あれ、道子《みちこ》、そのアーティスト、好きなんだっけ？」

結衣《ゆい》にたずねられて、道子《みちこ》が首を横に振《ふ》る。

「前にココちゃんが歌ってたの聴《き》いて、すてきな曲だなーって思ったから、覚えたの！」

そう言って道子《みちこ》が入れた曲は、わたしがいつもカラオケで歌っていた十八番《おはこ》。

……それ、わたしも今日、歌おうと思ってたんだけどな。同じ曲を二回入れるのも微妙《びみょう》だし、今日はあきらめるしかないかなぁ。ちょっと残念だけど。

　聞き慣れたイントロが流れ始めて、わたしがぼんやりと映像《えいぞう》をながめていると、道《みち》子《こ》がわたしにマイクを手渡《てわた》してきた。

「ココちゃん、一緒《いっしょ》に歌おう！」

「えっ？　あ、うん……」

　軽く戸惑《とまど》いつつも、わたしがとりあえず歌い始めると、道子《みちこ》も横で楽しそうに歌い始める。千穂《ちほ》と結衣《ゆい》も、手拍子《てびょうし》をして盛《も》り上《あ》がってる。

　好きな曲を歌うのは楽しいし、道子《みちこ》と一緒《いっしょ》に歌えるのも、それはそれでうれしいんだけど……、だけど、なぁ。

　カラオケを終えて、ウインドウショッピングをしているときも、似たような違和感《いわかん》がつきまとう。

　わたしが少しでも手に取ったものは、道子《みちこ》も迷わず手に取る。わたしがやめると、道子《みちこ》もやめる。わたしが「これ、かわいい」と言うと、道子《みちこ》も「かわいい」と言う。わたしが「イマイチかな」と言うと、道子《みちこ》も「イマイチだね」と言う。

まるで、鏡を見ているようだ。

「心《こころ》と道子《みちこ》は、本当になかよしだよね」

千穂《ちほ》や結衣《ゆい》にそう言われても、前みたいにすなおにうれしいと思えない。そんな自分も、なんだかいやだ。

道子《みちこ》の行動が、さすがにおかしいと真剣《しんけん》に思い始めたのは、この日からだった。それ以来、学校でも道子《みちこ》の言動に対する違和感《いわかん》が、どんどん大きくなっていった。

あるとき、わたしは髪《かみ》をばっさり切って学校に行った。

みんなからは「イメージかわったね」「ショートも似合うじゃん」となかなか好評。

道子《みちこ》も「ココちゃん、すごくかわいい！　写真撮《と》っていい!?」と大興奮《だいこうふん》だった。

ところが、その翌日《よくじつ》、道子《みちこ》も当たり前のように、髪《かみ》をばっさりと切ってきたのだ。

一瞬《いっしゅん》、双子《ふたご》に見えるくらい、長さも形も同じように。

「えっ、道子《みちこ》、その髪形《かみがた》……」

目を丸くするわたしに向かって、道子《みちこ》は満面の笑《え》みを浮《う》かべながら言った。

「よく、雑誌《ざっし》とか見ながら、こんな感じにしてください、って言うでしょ？　わたし、昨日撮《と》ったココちゃんの写真、美容師さんに見せて、こんなふうにしてくださいって言っちゃった！　ほんと、わたし、ココちゃんのこと好きすぎだよね！」

「う、うん……」

さすがに千穂《ちほ》や結衣《ゆい》も、道子《みちこ》の言動にちょっと引いているようだったけど、だれも何も言えない。当の道子《みちこ》は、この微妙《びみょう》な空気に気づくようすもなく、うれしそうに切りたての毛先をいじっている。

「ま、まぁ、心《こころ》はこのクラスのファッションリーダー的なところあるからね」

「あ、た、確かに！　心《こころ》に合わせとけば、とりあえずまちがいない的なところはあるよね！　髪形《かみがた》が一緒《いっしょ》だと、双子《ふたご》みたいでかわいいし！」

千穂《ちほ》と結衣《ゆい》は、少し戸惑《とまど》いながらも必死にフォローしている。

「そうでしょ!?　ココちゃんはおしゃれなの！」

わたしとまったく同じ髪形《かみがた》になった道子《みちこ》は、なぜかわたしよりも胸《むね》をはって鼻高々《はなたかだか》だ。

そのとき、ふと、道子《みちこ》のバッグについているあるものが目に入った。わたしがしばらく前に、家族旅行で北海道に行ったときに買ったのと同じ、ご当地キャラクターのキーホルダー。

「あれっ、道子《みちこ》も北海道、行ったの？　知らなかった！」

わたしがおどろいてそう言うと、道子《みちこ》はあっさり首を横に振《ふ》った。

「ううん、行ってないよ。ネットで買ったの」

「……そ、そうなんだ。旅行に行ったわけでもないのに、わざわざ？」

思わず眉《まゆ》をひそめながらたずねてみても、道子《みちこ》は当たり前みたいにこたえる。

「うん！　これ、キモかわいいって感じでいいよねー」

笑顔《えがお》でそう言っているけど、道子《みちこ》は確か、知り合ったばかりのころ、キモかわいい系《けい》のキャラは好きじゃないと言っていたはずだ。「よく魅力《みりょく》がわからない」なんて首をかしげていたのに。

怖《こわ》い――それが、正直な気持ちだった。わたしはいつの間にか、あんなに大好きだった親友の道子《みちこ》のことが、怖《こわ》くてたまらなくなっていた。

5 はじまりは猫《ねこ》の絵

その日の夜、自分の部屋のベッドに寝転《ねころ》がりながら、つぶやきサイトをチェックしていたら、道子《みちこ》が写真をアップしているのを見つけた。

――超《ちょう》センスのいいわたしの大親友も注目してたやつ！　やっぱりかわいいー！

買ってよかった！

そんなコメントと一緒《いっしょ》にアップされている画像は、わたしが何日か前に、「これかわいい！　めっちゃほしい！　絶対買う！」とつぶやいていた、ファッション雑誌《ざっし》の付録。猫《ねこ》の柄《がら》のポーチ。

まさか、道子《みちこ》がわたしより先に買ってしまうとは思わなかった。絶対に買おうと思っていたけど、道子《みちこ》のつぶやきを見ていたら、ほしい気持ちが消えていく。

……でもなぁ。べつにいやがらせをされているわけじゃないし、むしろ「超《ちょう》センスのいいわたしの大親友」とか言ってくれてるし。

うれしい……ような、気持ち悪いような。

頭の中が、ぐるぐるする。

親友に対してこんなことを思うなんて、単にわたしの心が狭《せま》いだけなんだろうか？

今、部屋に飾《かざ》ってある修学旅行のおみやげのシーサーの置物も、道子《みちこ》とおそろいで買ったもの。あのときはすなおに同じものを買えてうれしかったし、今でも、一緒《いっしょ》に買い物に行って、たまにおそろいのものを買ったりするのはうれしい。

だけど、こうやって、道子《みちこ》がいつの間にかわたしと同じものを買っているのは、どこか落ち着かない。

わたしと道子《みちこ》の境目《さかいめ》が、どんどんおかしくなっていきそうで。

「マジで、どっからおかしくなったんだろ……」

そうぼやいて、わたしはスマホを枕元《まくらもと》に放り出した。

目を閉《と》じて、ぼんやりと中学時代——道子《みちこ》と仲良くなった日のことを思い出す。

道子《みちこ》はもともと、わたしの小学校のころの友だちと仲のいい子、つまり、友だちの友だちだった。

だから、中学校に入学したころから、すれちがうと軽くしゃべるくらいの、なんとなくの顔見知りで。だけど、一年、二年ではクラスがちがったし、特になかよしというわけじゃなかった。三年になってはじめて同じクラスになってからも、最初は、まぁそこそこの仲のいい子って程度だった。

そんなわたしたちが、なぜバカップルだの夫婦だのと言われるほどの親友になったのか。そのきっかけは、三年になってすぐの、美術の授業でのできごとだった。

授業で出された課題は「身近な動物」。わたしは飼っている猫《ねこ》の絵を描《か》いた。でも、わたしはおどろくほど絵がへたくそだ。

「おい、関内《せきうち》！　それ、なんの化《ば》け物《もの》だよ！」

わたしが描《か》いた猫《ねこ》があまりにもへんだったので、近くにいた男子がそう言って、からかってきた。すると、ほかのクラスメートたちもわたしのところまでやってきて、わたしの絵を見て大笑いし始めた。

わたしは当時から明るいキャラだったし、絵のことでからかわれるのには慣れていた。ちょっと大げさなリアクションをとって、怒《おこ》るふりをして、半笑いで主張する。

「いや、これピカソ的なやつだから！　あえてのやつだから！」

そんなことを言って、笑い飛ばしたふりをした。

だけど、本当は地味に傷《きず》ついていた。確かにとてつもなくへたくそだったけど、わたしは大好きな飼《か》い猫《ねこ》を、自分なりに真剣《しんけん》に描《か》いたつもりだったから。

そんなとき、そっと気づかうように声をかけてくれたのが、道子《みちこ》だった。

「心《こころ》ちゃん、この絵の子って、飼《か》い猫《ねこ》なの？　なんか、愛情を感じるなぁって思ったから。わたし、この絵、好きだなぁ」

そう言ってやわらかくほほえんだ道子《みちこ》は、まるで、わたしの本心に気づいているみたいだった。

「わたしも描《か》いたの、おばあちゃん家《ち》で飼ってる猫《ねこ》なんだ。ほら、一緒《いっしょ》だね」

少し照れたような顔で道子《みちこ》が見せてくれたのは、とてもじょうずで、やさしい絵だった。道子《みちこ》の人柄《ひとがら》があらわれているような、繊細《せんさい》なタッチで描《か》かれたきれいな猫《ねこ》。

わたしは、その絵がとても好きだった。

その日から、道子《みちこ》とよく話すようになって、気づいたらいつも一緒《いっしょ》にいる親友になっていた。

これまで道子《みちこ》には、かぞえ切れないくらいいろんな場面で助けられてきた。うっかり者のわたしのミスをいつもさりげなくフォローしてくれたし、落ちこんでいるときはかならずそばにいてくれた。ちょっとした行きちがいで別の友人とトラブルになりかけたときも、道子《みちこ》は、いつもわたしの味方でいてくれた。「ココちゃん！」とわたしを呼《よ》ぶ笑顔《えがお》が、大好きだった。

「……嫌《きら》いになりたく、ないな」

つぶやいた言葉が、一人きりの部屋にむなしくひびく。

道子《みちこ》は悪気《わるぎ》があってやってるわけじゃないんだから、ひとこと、「もうまねしないで」と言えば、やめてくれるかもしれない。でも、そんなことを言ったら、道子《みちこ》はわたしから離《はな》れていくかもしれない。

いったい、どうしたらいいんだろう……？

部屋の壁《かべ》にかかった鏡に映《うつ》る自分の姿《すがた》が、一瞬《いっしゅん》、道子《みちこ》と重なって見えて、わたしはぎゅっと目を閉《と》じた。

6 わたしだけの夢

次の日、朝のホームルームで、進路希望調査のプリントが配られた。

「一年から進路の話とか、早くない？」

みんな文句を言っていたけど、先生曰《いわ》く、「二年生での文系《ぶんけい》・理系《りけい》の選択《せんたく》にもかかわってくるから、早くから考えておいたほうがいい」らしい。

……いくら進学校だっていっても、高校生になったとたん、文系《ぶんけい》・理系《りけい》だの、大学の学部だの、急にあれこれ考えろ、決めろって言われて、うんざりする。ついこの前まで、高校受験でバタバタしていたのに、それが終わったと思ったら、もう大学受験の話なんて。なんだか、強引に大人の仲間入りをさせられている気分だ。

そんなちょっと憂鬱《ゆううつ》な日の放課後、人のいなくなった教室で、道子《みちこ》がいつものように、にこにこしながら声をかけてきた。

「ココちゃん、まだ帰らないの？　一緒《いっしょ》に帰ろう？」

「……あー、ごめん。ちょっと、残って軽く復習しようかなと思ってるから。道子《みちこ》、先に帰っててていいよ」

ウソだ。本当は、残って勉強する必要なんてなかった。ただなんとなく、道子《みちこ》と一《いっ》緒《しょ》にいたくなかっただけ。

小さな自己嫌悪《じこけんお》を感じながらも、わたしはバッグからノートを取り出す。

でも、道子《みちこ》はけろっとした顔で、わたしの隣《となり》の席にすわった。

「じゃあ、わたしも一緒《いっしょ》に勉強しよっかなー。ココちゃん、なんの教科やるの？」

「えっ？　えっ、と……古文《こぶん》とかかな」

わたしがあいまいにそう言うと、道子《みちこ》は迷わず、自分のバッグから古文《こぶん》の教科書を取り出す。道子《みちこ》はわたしとちがって文系《ぶんけい》の教科が得意だから、復習なんかしなくてもいいはずなのに。

「この前の数学のテスト、むずかしかったね。でも、ココちゃんと同じノートの取り方したおかげで、前より点数よかったんだよ。やっぱりココちゃんはすごいよ！」

道子《みちこ》はそんなことを言いながら、古文《こぶん》の復習を始めた。

わたしはちっともまわらない頭で、同じ問題文ばかり読み返している。ちらりと隣《となり》を見ると、道子《みちこ》が教科書にラインを引いていた。使っているのは、持ち手がマーブル模様《もよう》になっているピンクの蛍光《けいこう》ペン。わたしが買って、そのあとで道子《みちこ》が同じものを買って、なんとなく、使う気がしなくなってしまったもの。

自分のペンケースの中でくすぶっている同じ蛍光《けいこう》ペンを見て、思わずわたしが手を止めた、そのときだった。

「あ、そうだ」

ペンをにぎったまま、道子《みちこ》がわたしに向き直った。

「そういえばさ、ココちゃん、あれ、なんて書く？」

「へ？　なんのこと？」

「あれあれ、ホームルームで配られたやつ。進路希望調査」

あぁ、そのことか。

「わたしは、地元の教育大学に進学しようと思ってる。小学校の先生になりたいから」

小学四年生のとき、それまでずっと苦手《にがて》だった算数を、とてもわかりやすく教えてくれた先生がいた。その先生の授業を受けて以来、むずかしいだけだと思っていた算数が、とても楽しいものになった。もし先生に出会っていなかったら、わたしは今でもずっと、勉強はただつらいだけのものだと思っていたにちがいない。

だから今度は、わたしが子どもたちに、学ぶことはつらいだけじゃなくて、楽しいことなんだって伝えたい。それが、わたしが小学生のころからずっと抱《いだ》き続《つづ》けている夢だ。

「そっかぁ。そういえば、前にも言ってたよね、先生になりたいって。ココちゃんが先生なら、きっと子どもたちも勉強が楽しくなるね。ココちゃんらしいすてきな夢だと思う！」

道子《みちこ》はそう言って、いつものようにやさしくほほえむ。まっすぐな言葉がうれしくて、わたしが笑顔《えがお》で「ありがとう」と言おうとしたとき、道子《みちこ》がさらりとつけ加えた。

「わたしもそうしよっかな」

「……えっ？」

道子《みちこ》は、何を言ってるんだろう。一瞬《いっしゅん》、本当に理解できなかった。

戸惑《とまど》うわたしをよそに、道子《みちこ》はペンをまわしながら、うれしそうに続ける。

「いや、そしたら大学でも一緒《いっしょ》にいられるでしょ？　せっかくだから、わたしもココちゃんと同じ進路にしよっかなって」

……せっかくだから？

「教育実習とかも大変そうだけど、もしココちゃんと同じ学校で実習できるなら、それも楽しそうだし――」

そのとき、わたしの中の何かがはじけ飛んだ。これまで胸《むね》の中にとどめていた感情が、全部、一気に爆発《ばくはつ》した。

気づいたらわたしは、机《つくえ》をたたいて、道子《みちこ》の言葉をさえぎるように叫《さけ》んでいた。

「いいかげんにしてよ！」

「えっ？」

道子《みちこ》は、ぽかんとした顔でわたしを見つめる。その何もわかっていない悪意のない顔が、いっそうわたしのイライラをつのらせる。

「せっかくだから!?　わたしにとっては、ずっとあこがれてきた、たったひとつの大事な夢なの！　そんな軽々《かるがる》しく言わないで！　まねしていいことと悪いことがあることくらい、わかんないの!?」

「えっ……、あ……ご、ごめん……そんなつもりで言ったわけじゃなくて……」

「じゃあ、どういうつもりだっていうの!?　いつもいつも、人のまねばっかりして！なんなの!?　わたしに対するいやがらせのつもりなの!?」

「い、いやがらせなんかじゃ……！」

「そうじゃないなら、なんなの？　持ち物も髪形《かみがた》も服装《ふくそう》も、挙げ句の果てには進路まで！　他人のまねしてばっかりで、道子《みちこ》には自分ってもんがないわけ!?　何もかもまねされて、正直、気持ち悪いよ！」

言った瞬間《しゅんかん》、とても後悔《こうかい》した。こんなことを言ったら、道子《みちこ》が傷《きず》つくのはわかっていた。いやだという気持ちを伝えるにしても、もっと別の言い方があったと思う。

でも、言いたいことをやっとぶちまけられて、どこかすっきりしている自分もいて。

それが、ますます自己嫌悪《じこけんお》に拍車《はくしゃ》をかける。

しんと静まり返った、二人きりの教室。重たい空気に押《お》しつぶされそうな気分だった。

「……とにかく、考え直して。いろいろと」

素《そ》っ気《け》なくはきすてたあと、わたしは教科書とペンケースを乱暴《らんぼう》にバッグに詰《つ》めこんで、逃《に》げるようにその場を立ち去った。

とてもじゃないけど、道子《みちこ》の顔は見られなかった。

7 本当の顔

次の日、道子《みちこ》は学校を休んでいた。

わたしは、休み時間のたびに、からっぽの席に目を向けては考える。

……大丈夫《だいじょうぶ》かな、道子《みちこ》。悪いことしたかな、やっぱり。いや、でも。

頭の中で、そんな考えが何度も行ったり来たりする。今日は授業もさっぱり頭に入らないし、友だちとしゃべっていてもぜんぜん楽しくない。

「心《こころ》、今日はなんか寂《さび》しそうだね。愛《いと》しの道子《みちこ》がいないと、やっぱり退屈《たいくつ》？　まぁ、元気出しなよ、ロミオ様」

何も知らない結衣《ゆい》は、なぐさめるようにわたしの肩《かた》をぽんとたたく。

ちょっとちがうんだけど、と思いながらも、わたしは「まぁね」とあいまいな笑顔《えがお》を返した。

ペンケースからマーブル模様《もよう》の蛍光《けいこう》ペンを取り出して、ぼんやりとながめる。「同じの買っちゃった」と笑う道子《みちこ》のうれしそうな顔を思い出すと、胸《むね》が痛《いた》んだ。

わたしが、何度目かの深いため息をついたとき、千穂《ちほ》が「ねぇ」と声をかけてきた。

「心《こころ》さぁ、もしかして、道子《みちこ》と何かあった?」

「……なんでわかったの?」

わたしがおどろいてたずねると、千穂《ちほ》は当たり前みたいに、さらりとこたえた。

「最近、なんかおかしかったじゃん。道子《みちこ》も、心《こころ》も」

「え?　わたしも?」

「うん」

そう言われて、なんだか妙《みょう》に納得《なっとく》した。確かに、道子《みちこ》もおかしかったし、わたしも道子《みちこ》に振《ふ》りまわされて、どこかおかしかった気がする。

いつも冷静で大人な千穂《ちほ》なら、何かいいアドバイスをくれるかもしれない。

「あのね、千穂《ちほ》、ちょっと聞いてほしいことがあるの。じつはね――」

千穂《ちほ》を人気《ひとけ》のない階段《かいだん》の踊《おど》り場《ば》につれ出したわたしは、すがるような気持ちで、これまでのことを打ち明けた。

あまりにもいろんなものを道子《みちこ》にまねされて、すっかりまいってしまったこと。でも、道子《みちこ》に悪気《わるぎ》はないとわかっていたこと。だけど、ついには進路までまねされかけて、思わず怒鳴《どな》ってしまったこと。

「なるほど、そういうことだったわけね」

わたしの話を聞き終えた千穂《ちほ》は、納得《なっとく》したようにうなずいて、小さく息をつく。

「じつは、あたしもさすがに最近は気になってたから、ちらっとだけど、道子《みちこ》に言ったことあるんだよ。『いくらなんでも、最近の道子《みちこ》は、心《こころ》といろいろかぶりすぎじゃない?』って」

「そうだったんだ……」

「まぁ、その会話自体は、お互《たが》いにあいまいな感じで言葉をにごして終わったんだけど……。でも、道子《みちこ》、ぼそっと、『一緒《いっしょ》じゃないと怖《こわ》いから』って言ってたなぁ」

「怖《こわ》い……って、何が？」

「さぁね。あたしもあんまり詳《くわ》しくは聞かなかったけど。でもなんか、道子《みちこ》の親って、けっこう過保護だったらしいじゃん？　だから、そもそも自分で選ぶっていうのが苦《にが》手《て》なんだろうね、あの子」

そういえば、中学のころから、道子《みちこ》はよく「親が心配性だから困《こま》るよ」なんて苦笑《にがわら》いしていたっけ。

わたしと仲良くなるまでの道子《みちこ》は、地味で、すみっこのほうでおとなしくしてるようなタイプだった。まわりを気にして、いつもちぢこまっているような、繊細《せんさい》な子。

高校に入って、わたしと同じクラスになれたと知ったときの、道子《みちこ》の本当にうれしそうな――そして、どこかほっとしたような顔を思い出した。

あの笑顔《えがお》の裏側《うらがわ》に、道子《みちこ》はどれくらいの不安をかかえていたんだろう。

「あんなになんでもまねされて、心《こころ》が怒《おこ》るのはもっともだけど……、あたしは、道子《みちこ》の気持ちも、ちょっとわかるかな」

千穂《ちほ》は、どこか遠いところを見ながらつぶやいた。

「ほら、特にあたしたち女子は、出る杭《くい》は打たれるって、なんとなく本能で知ってんじゃん」

……確かに。わたしだって、身のまわりのすべてのことを自分の意思だけで決めているかと言われたら、そういうわけじゃない。みんなに合わせて、わかっていないのに適当なあいづちを打ったり、マラソンで友だちとペースを合わせて一緒《いっしょ》に走ったり、そういうことならふつうにやってきた。それはたぶん、自分らしさをつらぬくよりも、だれかに合わせていたほうが、楽だし安全だって、知っていたから。

これまでわからないと思っていた道子《みちこ》の気持ちが、少しわかってきたような気がする。

「ありがとう、千穂《ちほ》。教えてくれて。あと、気にかけてくれて」

「べつに、たいしたことじゃないけど。どういたしまして」

千穂《ちほ》は、いつものようにクールにこたえたけど、そのあと、少しうつむいて黙《だま》りこんだ。その横顔は、なんだか曇《くも》っている。

「千穂《ちほ》？　どうかした？」

わたしがたずねると、千穂《ちほ》はめずらしく、どこか不安げな顔でわたしを見つめてくる。

「ねぇ、心《こころ》」

「なに？」

「心《こころ》は、もう道子《みちこ》のこと、嫌《きら》いになった……？」

そう言われて、ほんの一瞬《いっしゅん》だけ考えた。

道子《みちこ》に対して、マイナスの感情がなかったと言えばウソになる。いいかげんにしてと叫《さけ》んだのは、わたしの本心だった。

それでも、「嫌《きら》いになったか」という質問の答えは、はっきりしている。

「……ならないよ。うん、ならない」

もし嫌《きら》いになってたら、こんなに悩《なや》んだりしない。そもそも、わたしが「まねするのをやめて」と言えなかったのだって、道子《みちこ》に嫌《きら》われたくなかったからだ。

「わたし、道子《みちこ》とこれからも一緒《いっしょ》にいたい。でも、わたしが一緒《いっしょ》にいたいのは、仮面をかぶってわたしのふりをした道子《みちこ》じゃなくて……、もっと、自分らしい顔で笑う、本当の道子《みちこ》。だから、なんていうか……、そういうこと」

うまく言葉にできなくて、まとまりのない返事になった。でも、わたしの言葉を聞いた千穂《ちほ》は、ほっとしたように息をついた。

「……よかったぁ。道子《みちこ》と心《こころ》が絶交することにでもなったら、これからあたし、どっちかとしか仲良くできなくなるのかなって思ってた」

「え？　千穂《ちほ》、そんな心配してたの？」

「そりゃ……、するでしょ。あたしだって一緒《いっしょ》にいたいもん。心《こころ》とも、道子《みちこ》とも」

そう言って照れたように唇《くちびる》をとがらせる千穂《ちほ》を見て、わたしもなんだかほっとした。

クールで大人だと思っていた千穂《ちほ》も、わたしたちと同じように、不安になったり、背伸《せの》びしてみたりするふつうの女子高生で。今まで知らなかった千穂《ちほ》の本当の顔が、少し見えた気がする。

「大丈夫《だいじょうぶ》。嫌《きら》いになんか、ならないよ」

わたしはもう一度、そう断言して、千穂《ちほ》に笑いかけた。

8 ちがう道、よりそう心

道子《みちこ》へ
昨日はちょっと言いすぎた。ごめん。
でも、道子《みちこ》には、わたしと同じとかじゃなくて、道子《みちこ》らしい進路を選んでほしい。
たとえちがう道を歩いてたって、わたしはずっと、道子《みちこ》の親友だから。
また明日、学校でね。待ってるよ。
ココロ

「……うん。こんな感じかな」

その日の夜、何度も修正したメッセージを読み返して、ベッドの上でわたしは送信ボタンに指をのばした。

届《とど》けばいいな、と思う。今のわたしの、すなおな気持ち。

べつに、わたしが道子《みちこ》を救いたい、なんて大げさなことは思っていない。そんなことができるとも思っていない。

だけど、もし道子《みちこ》が今、困《こま》ったり苦しんだりしているなら、ほんのちょっとでいいから、手を差《さ》しのべてあげたい。

きっとそれは、今まで道子《みちこ》がわたしにしてくれたことだから。


次の日、わたしはいつもよりずっと早い時間に登校して、校門の前で道子《みちこ》が来るのを待っていた。もし道子《みちこ》が来なかったら、チャイムが鳴るギリギリまで待っているつもりだったけど、道子《みちこ》は始業よりもだいぶ早い時間にやってきた。

いつも時間にルーズなわたしとは大ちがい。五分前行動の、さらに五分前行動。出かける前の下調べは、いつでもばっちり。でも、急なトラブルには弱かったりもして。

道子《みちこ》のそういうところ、出会ったときからかわってない。

校門の前に立つわたしの姿《すがた》を見て、道子《みちこ》はバツが悪そうな表情を浮《う》かべている。

「道子《みちこ》、待ってたよ」

わたしがそう呼《よ》びかけると、ゆっくりとわたしの前にやってきた道子《みちこ》が、黙《だま》ったまま うつむいた。よく見ると、道子《みちこ》のバッグについていた、あのキモかわいいキーホルダーがなくなっている。

たったそれだけのことだったけど、わたしにはちゃんとわかった。道子《みちこ》も学校を休んでいるあいだに、いろいろ考えたんだろうなって。

言いたいことは、いろいろあった。でも、わたしは何も言わずに道子《みちこ》の前に立って、ただじっと道子《みちこ》の言葉を待った。

しばらく沈黙《ちんもく》が流れたあと、道子《みちこ》がぽつりとつぶやいた。

「……わたしね、何もないの」

「何もない？」

「取《と》り柄《え》もないし、特徴《とくちょう》もないし、自分が何を好きなのかも、よくわからないの。からっぽなの。だれかがいいよって言ってたものは、本当にいいものな気がしてきて。そうじゃないと、まちがってる気がして。どうしていいか、いつもわからない。自分のことなのに。へんだよね」

「……へんじゃないよ。ちっとも、へんなんかじゃない」

わたしは首を横に振《ふ》って、小声で言った。道子《みちこ》は少しだけ顔を上げて、困《こま》ったようにほほえむ。

「……ありがとう。やっぱりココちゃんは、やさしいね。はじめて会ったときから、そうだった」

「えっ？」

「ココちゃんは、やさしくて明るくて、太陽みたいで……、大好きだった。どこのクラスに行っても、すぐに友だちにかこまれて。わたしの知らないおしゃれなものとか、最新の情報とか、なんでも知ってて。だからわたしも、ココちゃんみたいになりたいって……ずっと、思ってた。仲良くなった中三のときよりも、ずっと前から」

道子《みちこ》の言葉を聞きながら、わたしは、みんなでファミレスに行ったときのことを思い出していた。

メニューを前にして、ぼーっとかたまっていた道子《みちこ》。わたしと同じものにすると言って、安心したような笑顔《えがお》になった道子《みちこ》。

あれは、単にわたしのまねをしたかったわけじゃなかったんだ。きっと、自分の食べたいものを選ぶという簡単《かんたん》なことが、あの日の道子《みちこ》にはできなかったんだ。

今なら、少しわかる気がする。

わたしのまねをしているあいだ、道子《みちこ》は確かに、安心はしていたのかもしれない。

だけど同時に、苦しくて、必死にもがいていたのかもしれない。

わたしのまねをすることは、道子《みちこ》にとって、決して幸せなことじゃなかったのかもしれない。なんとなく、そんな気がする。

「ココちゃんが好きだって言ったもの、全部かがやいて見えた。服も、持ち物も、髪《かみ》形《がた》も、歌も、全部。……いくらまねしたって、わたしなんかがココちゃんみたいになれるわけないのに。そんなこと、わかってたのに」

そう言って、道子《みちこ》がまた悲しそうにうつむいた。だからわたしは、さっきよりも大きく首を横に振《ふ》って、まっすぐ道子《みちこ》の目を見ながら言った。

「ちがうよ。ちがうんだよ、道子《みちこ》。わたしはね、『わたしが好きなものを好きな人』とか『わたしに似てる人』が好きなわけじゃないんだよ。なんていうか……、こう……、道子《みちこ》が道子《みちこ》だから、好きなんだよ」

どう言えばうまく伝わるのか、わからないけど。

「わたしみたいになんか、ならなくていいんだよ。わたしはわたしで、道子《みちこ》は道子《みちこ》。それでいいんだよ」

わたしが真剣《しんけん》にそう言うと、道子《みちこ》は目を丸くしてわたしを見つめ返す。わたしはその目をじっと見つめて言った。

「わたしとちがっても――ううん、ちがうから、わたしは道子《みちこ》が好きなんだよ」

思いをめいっぱいこめて、わたしは道子《みちこ》の右手をとった。そして、何も言わずに、その手を、両手でぎゅっとつつみこんだ。

「ココちゃん……？」

道子《みちこ》は、不思議そうな顔でわたしを見上げている。わたしは、道子《みちこ》の手に自分の手を重ねたまま、口を開いた。

「道子《みちこ》さぁ、覚えてる？　猫《ねこ》の絵のこと」

「猫《ねこ》の……って、中三の美術の授業の？」

「そう。わたしの絵があまりにもへたで、クラス中に笑われた、ピカソ的なやつ」

冗談《じょうだん》っぽく言うと、道子《みちこ》もつられてちょっと笑いながらうなずいた。

「あのとき、道子《みちこ》、わたしも猫《ねこ》を描《か》いたって言って、自分の絵、見せてくれたじゃん。あの絵、わたし、大好きだった。わたしにはあんなの描《か》けないよ」

急に昔の話をされて戸惑《とまど》っている道子《みちこ》に、わたしはにっと笑いかける。

「絵がうまいところ。ほら、道子《みちこ》の取《と》り柄《え》。もう一個見つかった。からっぽなんかじゃないじゃん」

わたしは右手を道子《みちこ》の目の前に差し出して、一本ずつ指を折りながらかぞえ出した。

道子《みちこ》とわたしのちがうところ。道子《みちこ》の――道子《みちこ》だけの、いいところ。

「まだあるよ。道子《みちこ》のほうが、字がきれいでしょ？　古文《こぶん》と英語の成績だって、わたしより圧倒的《あっとうてき》にいいし、家庭科もわたしよりできるはず。あと、道子《みちこ》って時間とか絶対ちゃんと守るよね。わたし、すぐ遅刻《ちこく》するから、マジで尊敬《そんけい》する。あー、それから、だれかが失敗したときのフォローも嫌味《いやみ》がなくてうまいよね。わたしだって、何度助けられたことか。あと、ちっちゃい子のあつかいもうまいし、それから……ほら、かぞえるには指がたりないよ。いくらでもあげられる」

わたしがそう言うと、道子《みちこ》が泣きそうな顔で「ありがとう」と言った。わたしもなぜか泣きそうになったけど、ぐっとこらえて、「どういたしまして」と笑う。

「……やっぱり、ココちゃんはすごいや」

「えっ？」

「わたし、あんなに悩《なや》んでたはずなのに、ココちゃんのおかげで、もう元気になれた」

道子《みちこ》はそう言って、少しうつむいたまま照れたように笑った。その顔を見ていると、わたしも明るい気分になってくる。

道子《みちこ》と一緒《いっしょ》にいると、楽しい。

そんなシンプルな気持ちが、やっとわたしの中にもどってきた。

「ねぇ、道子《みちこ》。わたし、べつに道子《みちこ》が思うような立派《りっぱ》な人間じゃないよ。よくないところもいっぱいあるし、道子《みちこ》のほうがすごいところだっていくらでもあるよ。それに、わたしだって……、ううん、わたしのほうが、道子《みちこ》に助けられてるんだよ」

そう言うと、しばらく黙《だま》っていた道子《みちこ》が意を決したように顔を上げた。

「あのね、ココちゃん」

「なに？」

「……わたし、髪《かみ》の毛《け》、のばそうかな」

「うん、いいじゃん。道子《みちこ》はそのほうが似合うよ」

「……そうかな」

「そうだよ。ずっといちばん近くで道子《みちこ》を見てきたわたしが言うんだから、まちがいないね」

「……わたし、いつか、絵にかかわる仕事とか、できるかな」

「できるよ。きっとできる。それに、道子《みちこ》がどんな道を選んでも、わたしは全力で応《おう》援《えん》する」

わたしは両手を道子《みちこ》の両肩《りょうかた》に乗せて、まっすぐに道子《みちこ》を見つめながら、きっぱりと言い切った。

「だって、道子《みちこ》とわたしの友情は一生だもん。そうでしょ？」

わたしがそう言って、おどけたように首をかしげると、道子《みちこ》が「うん！」と大きくうなずいて笑った。その晴れやかな表情を見て、やっと本当の道子《みちこ》が帰ってきたんだと思った。

「さぁ、教室で千穂《ちほ》と結衣《ゆい》も待ってるよ！　行こう！」

そう言って、わたしは道子《みちこ》と一緒《いっしょ》に、教室に向かって歩き出した。

解説

東京学芸大学教育学部准教授　松尾直博

◎自分さがし

十代のころは、「自分って何者なんだろう?」と考えることがよくあります。他人と自分を比べたり、個性的な人をうらやましいと思ったりしがちです。個性的な人と自分を比べて、「自分は平凡《へいぼん》だなぁ」とか、「自分には長所がなんにもないなぁ」などとむなしくなることもあります。道子《みちこ》もそのようなことで苦しんでいました。

◎まねすること、まねされること

人は、自分を平凡《へいぼん》と感じるむなしさを埋《う》めるために、だれかのまねをすることもあります(道子《みちこ》の場合ほど極端《きょくたん》な例は多くはありませんが)。そのだれかは、有名人の場合もありますし、身のまわりの人の場合もあります。

だれかのまねをするのは悪いことばかりではありません。しかし、まねされたほうとしては、いやな気持ちになることもあります。その人だって、「自分らしさ」に苦しんで、やっと手に入れた個性かもしれないのに、それをたやすくコピーされたら、腹《はら》が立つこともあるでしょう。心《こころ》も、エスカレートする道子《みちこ》の行動にだんだんと違和感《いわかん》を持つようになり、ついには爆発《ばくはつ》してしまいました。

◎自分づくり、生き方づくり

だれかのまねをし続けても、「自分らしさ」を手に入れたわけではないので、心底すっきりすることはないでしょう。道子《みちこ》も心《こころ》のまねをしながら、むなしい気持ちをいだき続けていました。「自分らしさ」は、だれかのまねをすれば手に入れられるものではありません。自分のよさを見つけ、そのよさをいかす努力をする必要があります。つまり、「自分さがし」だけではなく、「自分づくり」が必要なのです。そしてそれが、自分はどのような人生を歩むのかという「生き方づくり」につながっていきます。

最後のシーンで、心《こころ》は「道子《みちこ》だけの、いいところ」をスラスラとあげていきます。それを受けて、道子《みちこ》は「自分づくり」「生き方づくり」へ動き始めました。さあ、あなたもゆっくり、しっかり、「自分づくり」「生き方づくり」を進めていってください。

緊《きん》張《ちょう》注意報、発令中！

長江優子

1　わたしの日常×他人の非日常

あなたはこんな経験、ありませんか？
テスト中に力みすぎて、シャープペンの芯《しん》を折ったり、友だちがあせってるのを見て、自分までドキドキしたり、知らない大人と話すと、しどろもどろになったりすること。
……うん、あるある？
じゃあ、こんなのはどうでしょう。
テスト中にてのひらに汗《あせ》をかいて、答案用紙をやぶいたり、
体育祭で緊張《きんちょう》して、ダンスの振《ふ》りつけを全部忘《わす》れたり、
ショップ店員との会話が苦痛《くつう》で試着室をこっそりぬけ出したら、万引きの疑《うたが》いをか

けられたりしたこと。

いやぁ、さすがにそこまでは。ですか?

今の話は全部本当。わたし、名木心音《なぎここね》の身におこったことです。

わたしって超緊張屋《ちょうきんちょうや》。今朝も乗車カードのチャージが切れたことに気づかずに、駅の自動改札機を通ろうとしたら、いきなりゲートが閉《し》まってシャットアウト。あわてて後ろに下がったら、サラリーマンとゴッツン。逃《に》げるようにして精算機《せいさんき》に向かう途《と》中《ちゅう》、財布を落として小銭を通路にばらまいてしまいました。

さらに、その後のバイトの面接では、緊張《きんちょう》しすぎて彫刻《ちょうこく》状態。「何年生?」と聞かれたので「高二です」とこたえようとしたら、口から出てきたのは「高二でございます」。店長らしき丸顔のおじさんは、わたしの失敗をからかうように「さようでござるか」と返してきました。思い出すだけで体が熱くなります。

こんなわたしですが、お菓子《かし》づくりだけは得意です。両親は家の一階でカフェをやっていて、わたしは小さいころからクッキーとかゼリーとか、ヒマさえあればつくってきました。

「はぁ〜。まったく、なんでわたしってこうなのかな」

今夜もキッチンでお菓子《かし》づくり。昼間の失敗を頭から蹴散《けち》らすように、ボウルの中で激《はげ》しく泡立《あわだ》て器《き》を動かします。バターがもったりとしたクリーム状になってきたころ、ようやく気持ちが落ち着いてきました。バニラとアーモンドのエッセンスを数滴《すうてき》落として生地《きじ》にまぜあわせ、型に入れてオーブンへ。

小説を読みながら焼き上がるのを待っていたら、スマホの着信音が鳴りました。

知らない番号でした。

「どうせバイトの不採用の連絡《れんらく》でしょ」

わたしは丸顔のおじさんの顔を頭に浮《う》かべながら、画面を見つめてため息をつきました。わざわざ電話してこなくていいのに、スルーしちゃってかまわないのに、と思いながら。

「もしもし」

「オレオレ」

「えっ?」

だれだろう、この声。聞き覚えがあるけど思い出せない。でも、男子から電話がかかってくることなんてありません。ということは、おばあちゃんを標的にしたオレオレ詐欺《さぎ》とか?

わたしはドキドキしながらスマホをしっかりとにぎりしめて、「どなたですか」とたずねました。

「だからオレだよオレっ、おまえの隣《となり》の席の高杉《たかすぎ》だよっ!」

「ああ、高杉《たかすぎ》君ね!」

クラスメートの高杉豪《たかすぎごう》とわかって、ますます緊張《きんちょう》しました。なぜなら、わたしは電話でおしゃべりするのが超苦手《ちょうにがて》。相手が男子だとなおさらです。

「ゴメンゴメン。なになに、どうしたの？　あっ、今日の帰りに職員室に日直日誌《にっし》を届《とど》けるの忘《わす》れたでしょ。わたしがかわりに持ってったから安心して。……えーと、それから中村《なかむら》君が言ってた駅前のタコ焼き屋の名前は、タコ大臣じゃなくてタコ大将《たいしょう》だから。じゃあまた明日、バイバイ！」

わたしは機関銃《きかんじゅう》のように一気にまくしたてると、通話をオフにしました。酸欠状態でゼェハァ言いながらテーブルに手をついたそのとき、背後《はいご》のオーブンがピピッと音を立てました。

そこで、はたと気づいたのです。

「なんで電話してきたんだろう」

高杉《たかすぎ》君がわたしになんの用事があったのか、聞《き》き逃《のが》してしまいました。緊張《きんちょう》のあまり、高杉《たかすぎ》君が何か言ったのか、あるいは言わなかったのかさえ覚えていません。

「大事なことだったらどうしよう」

とはいえ、電話をかけ直す勇気はありません。わたしは両手で顔をおおいました。

「あ~またやっちゃった!」

ダイエットは開店休業。焼き上がったばかりのパウンドケーキを、わたしは自己嫌《じこけん》悪《お》をかみしめるようにたいらげたのでした。

2 プレゼンテーション×フラストレーション

翌朝《よくあさ》の教室はいつもとようすがちがいました。クラスメートはおしゃべりもせず、席について原稿《げんこう》用紙をながめています。

「今日、何かあった？」

親友の梅本綾《うめもとあや》にたずねると、綾《あや》は大きな目をぱちぱちさせて言いました。

「一時間目にやるはずだった学力テストが来週にとんだんだよ。かわりに情報の授業になって、プレゼンテーションのテストをやるんだって」

「えっ、ウソ!?」

「昨日、心音《ここね》のところにも連絡《れんらく》きたでしょ」

そう言われて、昨晩《さくばん》、高杉《たかすぎ》君から電話がかかってきた理由がようやくわかりました。

わたしはあわてて自分の席にもどって原稿《げんこう》用紙を広げました。不幸中の幸い、原稿《げんこう》は前回の授業中に書き終えていました。速攻《そっこう》で文章を暗記しようと口の中でブツブツとなえていたら、肩先《かたさき》に視線《しせん》を感じました。

「名木《なぎ》って、電話だと超絶《ちょうぜつ》早口なんだな」

高杉君《たかすぎ》でした。ニヤニヤしながらわたしを見下ろしています。

「プレゼンのことを話そうにも、ガンガンしゃべり続けるから、カットインできなかった」

「ご、ごめん。ハハハ……」

時間はあっという間にすぎて、一時間目の情報の授業が始まりました。プレゼンテーションのテーマは地球環境《かんきょう》。クラスメートはみんな、しっかり練習をしてきたのでしょう。堂々《どうどう》としていて余裕《よゆう》が感じられました。なかには原稿《げんこう》を見ないで発表している子もいます。

（どうしよう。まずいよ）

汗《あせ》で湿《しめ》ったてのひらをスカートに押《お》しつけました。見えないリボンがわたしの体に巻《ま》きついてきます。

（もうすぐわたしの番。がんばらなきゃ）

次第《しだい》にリボンがきつくなっていきます。口の中は砂漠《さばく》のようにカラカラです。

（みんな、魔法《まほう》にかかったみたいに眠《ねむ》ってしまえ！）

全身をリボンでしばられて、身動きがとれなくなるわたし。泣きたい。本気でこの場から逃《に》げ出《だ》したい。

「次、名木《なぎ》さん」

「は、はいっ」

わたしは原稿《げんこう》用紙を胸《むね》に押《お》しあてて、教壇《きょうだん》に向かいました。そして、黒板の前に立って、おそるおそる顔を上げました。

残念ながらクラスメートたちは寝《ね》ていませんでした。目をバッチリ開けてわたしを見ていました。見えないリボンに反発するように、心臓《しんぞう》が大きな音を立てています。

わたしはのどをこじあけて最初の一文を読み上げました。

「わたしたちは豊かな生活を……」

周波数の合わないラジオのような声が出ました。自分のものとは思えない裏声《うらごえ》です。

みんなが爆笑《ばくしょう》しました。最前列の綾《あや》も声を押《お》し殺《ころ》して笑っています。

（またやってしまった！）

北風がぴゅうぴゅう吹《ふ》きつけてくる帰り道、綾《あや》がからかうように「今日のプレゼン、最高だったよ」と言いました。

「ハハハ、声が裏返《うらがえ》っちゃった」

「っていうか、環境《かんきょう》ホルモンを成長ホルモンって言ってたし」

「えっ！　わたし、そんなこと言った？」

「うん。ダイオキシンのこともバイオマシンって言ってた」

「ウソでしょっ!?」

「心音《ここね》、覚えてないの？」

「う、うん」

裏声《うらごえ》が出たあとの記憶《きおく》は全部どこかに飛んでいってしまいました。覚えているのは、逃《に》げるようにして席にもどったことだけ。そういえば、わたしの発表中、高杉《たかすぎ》君が笑いながら何か言ったような言わないような……。

「わたしのプレゼンのとき、高杉《たかすぎ》君、何か言ってた？」

「ああ、心音《ここね》が言葉につまってエコシステムのことを『エコッコッコッシステム』って言ったときに、高杉《たかすぎ》君が『ニワトリかよ』って、ツッコんでた」

「……………」

その夜、わたしはケーキを焼きました。イチゴのミルフィーユです。失敗の大きさに比例して、手間のかかるものがつくりたくなるのです。

パイ生地《きじ》とカスタードクリームを交互《こうご》に重ねながら、「高杉《たかすぎ》のヤツめ、高杉《たかすぎ》のヤツめ」と呪《のろ》いをかけるようにつぶやきました。

「あ~もうイヤッ!」

二百度に温めたオーブンに向かって叫《さけ》ぶわたし。今日の記憶《きおく》をまるごと熱で溶《と》かしてほしい。そう思わずにはいられませんでした。

3 真夜中のティーパーティー×三人の賢者《けんじゃ》

「いい香《かお》りねえ。心音《ここね》ちゃん、またケーキ焼いたんだね。アップルパイ？」

バニラとアーモンドの香《かお》りがただよう夜のキッチンに、おばあちゃんが鼻をくんくんさせながらやってきました。

「ううん、ミルフィーユ。パイ生地《きじ》にカスタードクリームとイチゴをはさんだの」

「ふぅん、おいしそうね」

おばあちゃんはそう言って、わたしが食べている特大ミルフィーユをしげしげと見つめました。パジャマ姿《すがた》のお父さんとお母さんもやってきました。大学受験をひかえたお姉ちゃんも。

「心音《ここね》、もうすぐ十二時だぞ。こんな時間に何してるんだ？」

「あら、ミルフィーユじゃない。おいしそう」

「勉強しすぎて、おなかすいたぁ～。一人じめしてないで、わたしにもちょうだいよ」

いきなり夜のティータイムが始まりました。「父さん、歯をみがいちゃったんだけどなぁ」と言いつつ、お父さんはいすに腰《こし》をおろし、「ミルフィーユって、食べにくいのよねぇ」とひとりごとをつぶやきながら、お母さんはティーカップに紅茶《こうちゃ》を入れました。おばあちゃんとお姉ちゃんはフォークをにぎりしめて、わたしが切り分けるのを待っています。

「いただきます。……うん、うまいっ」とお父さん。

「心音《ここね》、腕《うで》を上げたわね」とお母さん。

「さすが心音《ここね》ちゃん。お菓子《かし》づくりがじょうずだねえ」とおばあちゃん。

続けて、お姉ちゃんが「確かにおいしいけど……。あんた、毎日こんなものをつくって食べてると太るよ」といじわるな目つきでわたしを見ました。

「わかってるよ。でも、つくらずにはいられない」

「なんで？」

「だって、これがわたしのストレス発散法なんだもんっ」

わたしは学校でのできごとを家族に話しました。お父さんは「心音《ここね》がそんなに緊張《きんちょう》するタチだったとはなぁ」とおどろきました。親なのに、わが子のことをぜんぜんわかっていません。

「そういうときは、人という字をてのひらに三回書いてパクッと食べるといいよ」

おばあちゃんがそう教えてくれたら、お姉ちゃんは笑って否定《ひてい》しました。

「そんなおまじない、効くわけないじゃん。それより『自分は緊張《きんちょう》してない』って暗示をかけてごらん。本当に緊張《きんちょう》しなくなるから」

するとと、お父さんまで「いやいや、そうじゃない」と横からわりこんできました。

「いちばんいいのは水をガブ飲みすることだぞ。学生のころ、お父さんは剣道《けんどう》の試合の前には、かならず水を二、三杯《ばい》、一気飲みしていたもんだ」

「そんなことより、人という字をてのひらに……」

「だぁかぁらぁ、暗示だってば、あ・ん・じ！」

「いやいや、ガブ飲みがいちばんだ。心音《ここね》、だまされたと思ってためしてみなさい」

お父さんのティーカップを、お母さんが横から取り上げました。

「さあさあ、寝《ね》ますよ。心音《ここね》、ごちそうさま。洗《あら》い物《もの》はお母さんがやっておくから、早くお風呂《ふろ》に入りなさい」

みんなが寝静《ねしず》まったあと、わたしは湯船につかりながら「おまじない、暗示、水のガブ飲み……」とつぶやきました。

もう失敗はイヤ。緊張《きんちょう》しないなら、どんな作戦でもためしてみよう。そう心に決めました。

4　緊張《きんちょう》スパイラル×テンション急降下《きゅうこうか》

翌日《よくじつ》、委員会活動の報告会の前におばあちゃんから教わったおまじないをためしてみることにしました。

てのひらに「人」という字を指で三回書いて、すいこむ。

見事に効きませんでした。報告会が始まったとたん、メモをにぎりしめた手に汗《あせ》。

緊張《きんちょう》したときにおこる、見えないリボンの感覚が襲《おそ》ってきました。

お姉ちゃんの暗示作戦もさっぱりでした。美容室で髪《かみ》を切ってもらっているとき、「わたしは緊張《きんちょう》してない。ぜんぜんしてない」と心の中でつぶやいてみましたが、そのつぶやきとはうらはらに肩《かた》に力が入ってしまいました。美容師さんとの会話が苦手《にがて》なわたしは、どんどんしどろもどろになり、「もっとリラックスして」とか、「具合が悪いの?」なんて言われて、顔から火が出そうになりました。

そんなわけで暗示も失敗。

最悪だったのは、お父さんが教えてくれた水のガブ飲みです。

音楽の授業中、先生がいきなり独唱のテストをやると言い出しました。いっせいにブーイングがおこり、気の弱い先生は「では、今日はその予行演習をやります」と訂《てい》正《せい》。一人ずつ前に出て、シューベルトの『野ばら』を歌うことになったのです。

予行演習が始まると、いてもたってもいられなくなったわたしは、「薬を飲みにいきます」とウソをついて廊《ろう》下《か》に出ました。おなかがたっぷんたっぷんになるほど水を飲んで音楽室にもどると、気分が落ち着きました。

ところが、わたしの番が近づくにつれて、例の見えないリボンが巻《ま》きついてきたのです。同時に尿《にょう》意《い》も。先生に名前を呼《よ》ばれたとき、わたしは壇《だん》上《じょう》ではなく、トイレに駆《か》けこみました。

本当に最悪です。家に帰ってから泣きました。二年五組十八番、名木心音《なぎここね》の黒歴史として、みんなに記憶《きおく》されたにちがいありません。

その日から常に不安がつきまとい、見えないリボンを巻《ま》きつけているような感覚が消えなくなりました。以前は緊張《きんちょう》しなかったような場面でも、ソワソワ、ドキドキ。おまけに頭までズキズキしてきました。大好きなお菓子《かし》づくりをする気もおきません。

「テスト、どうしよう」

雪が降《ふ》り出《だ》しそうな放課後、独唱のテストを二日後にひかえたわたしは、心の中で「また失敗する。どうせ失敗する」とつぶやきながら廊下《ろうか》を歩いていました。

（学校、ズル休みしようかな）

そのときでした。どこからか、「ダバダバ、ダバダバ」というなぞの声が聞こえてきました。その声に誘《さそ》われるように体育館に向かう通路を進んでいくと、バスケ部のユニフォームを着た男子が物置き場と柱のあいだに隠《かく》れるようにしてしゃがんでいました。

「ダバダバ、ダバダバ、プップッ」

その男子はなぞの言葉をつぶやきながら、合わせた両手を頭の上にのばしながら、おしりを振《ふ》って立ち上がりました。次は「ウパウパ、ウパウパ、ルンルン」と言いながら、両手を下ろしながらしゃがみます。そして、また立ち上がりました。

(へんなポーズ……。何をやってるんだろう)

近づこうとしたら、通路の先の体育館の中で何かが倒《たお》れたような音がしました。それにつられて、男子がふり返りました。

「た、高杉《たかすぎ》君!?」

クラスメートの高杉《たかすぎ》君はおしりを横につき出したかっこうで動きを止めました。無言でこちらを見ています。

「こんなところで何してるの?」

「…………」
わたしは大変戸惑《とまど》いました。
いつも陽気な高杉《たかすぎ》君のこと、冗談《じょうだん》のひとつでも言うのだろうと思ったら、なんと、
顔を赤くしてうなだれたのです。

5 敵?×同志?

高杉《たかすぎ》君は壁《かべ》にもたれかかると、そのまま下にずるずると落ちていきました。赤くなった頬《ほお》を隠《かく》すように両手で押《お》さえて、「ああ、ばれちまった」とつぶやきました。

「こう見えてオレ、すぐに緊張《きんちょう》するんだ」

「ウソ。ぜんぜんそんなふうに見えない」

「だろうね。そう見られないように細心の注意はらってるし。あー、超《ちょう》はずかし〜!」

そう言って高杉《たかすぎ》君はひざのあいだに顔をうずめました。

「ところで、さっきのあれはなんだったの?」

「元気ルンルン体操《たいそう》」

「はい?」

「幼稚園《ようちえん》でやってた体操《たいそう》をオレ流にアレンジしたんだ。緊張《きんちょう》しないためのおまじないみたいなもんだよ。オレ、プレッシャーに超弱《ちょうよわ》いんだ。バスケの試合が近づいてくると、緊張《きんちょう》してプレーに身が入らなくなるし、高校に入るまで女子と会話もできなかった。美容室で髪《かみ》切ってもらうのも緊張《きんちょう》する」

「えっ、高杉《たかすぎ》君も？」

「ってことは、名木《なぎ》もなのか？」

「うん」

「そっかぁ。オレ、中学のバスケ部の引退試合で、緊張《きんちょう》しすぎてぶっ倒《たお》れたんだ。高校入るまでになんとかしようと思って、ネットとか本とかで緊張《きんちょう》しない方法を調べまくった。それで、いろいろやってみて行きついたのが、元気ルンルン体操《たいそう》だったんだ。緊張《きんちょう》する前に、だれもいない場所でさっきのダバダバをやると、気持ちが落ち着くんだ」

「おまじないなら、わたしもためしてみたけど、ぜんぜん効かなかった」

「それは名木《なぎ》がちゃんと信じてないからだよ。おまじない……っつーか、まあ、おまじない型リラックス法って言ったほうがいいかな。とにかく、それをやれば緊張《きんちょう》しないという確固たる思いこみがあってこそ、効力を発揮《はっき》するんだ。オレのダバダバだって、幼稚園《ようちえん》で元気ルンルン体操《たいそう》を一人でやっても緊張《きんちょう》しなかった成功体験からひらめいた。……でも、まさか名木《なぎ》に見られるとはなぁ。いつもトイレでやってるのに、今日は魔《ま》がさした」

そう言って高杉《たかすぎ》君は、はにかみながら前髪《まえがみ》をかき上げました。

それにしても、わたしのことをニワトリと呼《よ》んだこの人が、極度の緊張屋《きんちょうや》だったとは……。

(わたしだけじゃなかったんだ)

ほっとしたそのとき、高杉《たかすぎ》君がはねるようにして立ち上がりました。

「そろそろ練習にもどるわ。日曜日に試合なんだ」

「あの……」

「……?」

「緊張《きんちょう》しない方法、教えてくれないかな。今じゃなくていいんだけど、できれば明日とか……」

高杉《たかすぎ》君は少しおどろいたようすで「わかった」と言うと、ダッシュで体育館に向かっていきました。

6 秘策《ひさく》×修行

次の日の昼休み、わたしは体育館わきの物置き場で高杉君《たかすぎくん》にたずねました。

「緊張《きんちょう》をときほぐすのに効き目があるのはもちろん、できるだけ即効性《そっこうせい》の高い方法はないかな」

「オレは薬剤師《やくざいし》か？　まあいいけど。だったら、おまじない型リラックス法はむずかしいな」

「だよね。元気ルンルン体操《たいそう》ははずかしくてできないよ」

「そうじゃなくて、あれは入念な準備が必要なんだよ。『これをやったら緊張《きんちょう》しない』と心が受け入れるまで、何度も練習しないとダメなんだ。かわりに、これはどう？」

高杉君《たかすぎくん》はそう言うと、いきなり寄り目になって、あごを前につき出しました。

さらに口を大きく開けて笑い出しました。

「なっ、なにっ？　どうしちゃったの!?」

高杉《たかすぎ》君は真顔にもどってこたえました。

「ヘン顔とかして笑うと、幸せホルモンが分泌《ぶんぴつ》されてリラックスできるんだ」

さっそく、わたしは高杉《たかすぎ》君のまねをしてみました。寄り目になって、口を「に」や「る」の形にしたら、顔の筋肉《きんにく》がほぐれて気持ちよくなりました。

「でも、こんなの人前でできないよ」

「じゃあ、ペンをにぎるのは？　自分が好きなものや、やわらかいものをにぎると、安心できてリラックスするんだって。気に入ってる香水《こうすい》をつけるのもいいらしいよ」

「へえー」

「それから、いつもポジティブに考えること。『やばい』『不安だ』って思ったら、すぐに『余裕《よゆう》だ』『いける！』と心の中で言いかえるんだ」

「ちょっとむずかしそうだけど、やってみる」

きりのいいところで、昼休みの終わりを告げるチャイムが鳴りました。

床《ゆか》にすわっていた高杉《たかすぎ》君が腰《こし》を上げながら、「いろいろためしてみて、自分に合ったやり方をさがしてみろよ」と言いました。

「そうしたいけど、悠長《ゆうちょう》にかまえてられないの」

「なんで?」

わたしは前髪《まえがみ》をいじりながら視線《しせん》を床《ゆか》に落としました。

「だって明日、独唱テストでしょ。人前で歌うなんて拷問《ごうもん》だよ」

「まあな。その気持ちはよくわかる。でも、おまえの声、きれいじゃん」

「えー、ぜんぜんそんなことない! というか、そういう問題じゃなくて、人前に立つのが……」

「だからわかってるって。……あっ、みんなの前で『今、緊張《きんちょう》してます!』って宣言《せんげん》するのもいいらしいよ」

「でも、それを言うのに緊張《きんちょう》しそうだなあ」

「緊張《きんちょう》の無限ループだな」

「ハハハ。……わかった。ひとまず、ありがとう」

家に帰ると、鏡の前でヘン顔をしてみました。お姉ちゃんがあやしい人を見るような目でわたしを見ていましたが、気にしてはいられません。

頭の中では、常にネガティブワードの変換《へんかん》作業です。

「あ〜あ、明日は独唱テストか……」→「独唱テストがんばるぞ!」

「どうせ失敗する」→「余裕《よゆう》、余裕《よゆう》!」

変換《へんかん》作業をがんばりすぎたせいか、夢の中でもネガティブワードとポジティブワードが戦いを繰《く》り広《ひろ》げました。

そして、次の朝。わたしはお気に入りのハンドタオルにアーモンドとバニラの香《かお》りのエッセンスをしみこませました。ハンドタオルを鼻に押《お》しあてると、焼きたてのタルトの香《かお》りがしました。

「あ～、いいにおい」

ブレザーのポケットに入れて準備完了《かんりょう》。そのとき、ふっと弱気な心が顔を見せました。

「大丈夫《だいじょうぶ》かなぁ」

わたしはあわてて首を横に振《ふ》りました。

「ううん、絶対にいける！　この前の失敗のリベンジだよ！」

7 チャレンジ×リベンジ

五時間目の音楽の授業が始まる前、わたしは校舎のはずれのトイレで、鏡に向かって大笑いしました。さらに「アイ～ン！」「バブバブ～！」「パオ～ン！」と叫《さけ》びながらヘン顔三連発。顔の筋肉《きんにく》がほぐれてリラックス効果絶大です。

すっきりした気分で廊下《ろうか》を歩きながら、脳裏《のうり》に浮《う》かぶネガティブワードを撃退《げきたい》しました。

「平気かな」↓「大丈夫《だいじょうぶ》！」

「みんな、居眠《いねむ》りしてくれないかな」↓「わたしだけじゃない。みんなも緊張《きんちょう》してるんだよ」

「声、裏返《うらがえ》ったらどうしよう」↓「オペラ歌手になりきろう！」

ブレザーのポケットに手を入れたそのとき、はっとして足を止めました。

「ハンドタオルがない!」

今朝、確かに入れたはずなのに。スカートのポケットにもありません。

「ないっ、ないっ、ないっ!」

わたしはトイレにもどりました。でも、どこにもありません。

きびすを返して「どうしよう、どうしよう」とつぶやきながら廊下《ろうか》を走っていたら、

「名木《なぎ》!」とわたしを呼《よ》ぶ声がしました。ふり返ると、高杉《たかすぎ》君が心配そうな顔をして立っていました。

「どうした?」

「ハンドタオルをなくしちゃったの!」

わたしが半泣き状態で「ハンドタオルを……やわらかいものを……」とおろおろしていたら、高杉《たかすぎ》君は「落ち着けよ」と笑いました。

「落ち着いてられるわけないでしょっ！　もうダメ。帰る」

高杉《たかすぎ》君に背《せ》を向けると、「待てよ」と肩《かた》をつかまれました。高杉《たかすぎ》君は右手をズボンでふいて、わたしの前にさし出しました。

「ほれ」

「……？」

「だから握手《あくしゅ》だよ。握手《あくしゅ》にも緊張《きんちょう》をほぐす効果があるんだ。それに手だってやわらかいだろ」

わたしは高杉《たかすぎ》君の手をつかみました。大きな手。言うほどやわらかくないけど、あたたかい。

高杉《たかすぎ》君が右手に力をこめて言いました。

「名木《なぎ》、逃《に》げるな。ここで逃《に》げたら、一生逃《に》げ続《つづ》けることになるぞ」

「……わかった」

独唱テストが始まると、高杉君《たかすぎ》のおかげでぜんぜん緊張《きんちょう》しませんでした。

……なんてことにはもちろんならなくて、やっぱり緊張《きんちょう》してしまいました。壇上《だんじょう》に立つクラスメートのこわばった面持ちを見ていると、見えないリボンがわたしの体に巻《ま》きついてきました。高杉君《たかすぎ》のぬくもりが残るてのひらには、汗《あせ》がにじんでいます。

「大丈夫《だいじょうぶ》かなぁ」→「大丈夫《だいじょうぶ》！」

「みんなは予行演習をやったけど、わたしはやってない」→「人生は一発勝負！」

「次はわたしだ。緊張《きんちょう》するよぉ」→「さあ、リベンジのとき！」

そう、リベンジのときです。名前を呼《よ》ばれたわたしは立ち上がりました。教科書を抱《だ》きしめて壇上《だんじょう》に向かいます。

顔を上げると、クラスメートたちがこちらを見ていました。親友の綾《あや》が口を大きく動かして、「がんばれ」と無言のエールを送ってくれました。

ピアノの前奏《ぜんそう》が聞こえてきました。わたしは息をすーっとすいこんで、はくのと同時に歌い始めました。

「わらべはみたり、野中のバラ……」

激《はげ》しい鼓動《こどう》。かすんでいく視界《しかい》。

今は歌だけ。歌うことだけに集中する。

集中、集中、集中、集中……。

ふいにピアノの音が途切《とぎ》れました。ふり向くと、先生がうなずきました。

独唱テスト終了《しゅうりょう》。

長かったような、短かったような。でも、あっという間だったような気もします。出《で》遅《おく》れたし、声もときどき裏返《うらがえ》ったけど、逃《に》げずにやりきった。そう、やりきったのです。

わたしは高杉《たかすぎ》君の姿《すがた》をさがしました。

高杉《たかすぎ》君はこちらを見てうなずくと、周囲に気づかれないように、組んだ腕《うで》の下でピースサインをつくりました。

8 バニラ&アーモンドエッセンス×新しい緊張《きんちょう》

わたしにとって独唱テストは、緊張《きんちょう》とどう向きあえばいいかを考えるきっかけになりました。今もあいかわらずいろいろな場面で緊張《きんちょう》しますが、あの日以来、わたしのなかで何かがかわったのは確かです。

雪の降《ふ》るある日のこと。

調理実習でアーモンドクッキーが焼き上がるのを待っていると、同じ班《はん》の高杉《たかすぎ》君がふっと、「あのときのにおいだ」とつぶやきました。

「独唱テストの前、テンパってるおまえから、これと同じにおいがした気がするんだけど。……気のせいかな」

「たぶん、ハンドタオルだと思う」

「ハンドタオル?」

「うん。あの日、バニラとアーモンドの香《かお》りをしみこませたハンドタオルを持ってきていたの」

いつの間にか紛失《ふんしつ》したハンドタオルは、なぜかかばんの中に入っていました。それまでずっと持ち歩いていたから、においが服にしみついていたのかもしれません。

「ほら、高杉《たかすぎ》君が気に入ってる香水《こうすい》をつけると緊張《きんちょう》しないって教えてくれたでしょ。わたし、お菓子《かし》づくりが好きだから、香水《こうすい》よりいいかなと思って」

「ふーん。名木《なぎ》ってお菓子《かし》つくれるんだ?」

「うん。はっきり言って、今日のクッキーとか楽勝すぎ」

「わ、すげえ自慢《じまん》」

「まあね」

緊張《きんちょう》して失敗するたびに何度つくってきたことか。

わたしのお菓子《かし》づくりの腕前《うでまえ》は、はずかしさによってみがかれたと言っても過言ではありません。

高杉《たかすぎ》君が鼻の頭をかきながら「じゃあ、今度つくってきてよ。名木《なぎ》の得意なヤツを」と言いました。

「いいよ。……あっ、焼けたみたい」

できあがりを知らせるオーブンの音がしました。

「そういえば名木《なぎ》、早口じゃなくなったよな」

「えっ?」

「前はオレと話すとき、目を合わさないし、超絶《ちょうぜつ》早口だった」

「そ、そうだったかな」

「うん。お菓子《かし》、期待してるよ」

高杉《たかすぎ》君の言葉にドキッとしました。

新しい緊張《きんちょう》。でも、悪い感じではありません。

「では、開けまーす。……あっ、こんがり焼けてる！」

「うおっ、マジうまそう！」

わたしはオーブンの中からただよってきた大好きな香《かお》りを胸《むね》いっぱいにすいこみました。

解　説

心理学者　晴香葉子

◎緊張感《きんちょうかん》は、がんばるあなたを助けてくれる

試験に発表会、部活の試合……。学校生活は緊張《きんちょう》する場面の連続です。緊張《きんちょう》すると、頭が真っ白になって、〝いつもの自分〟でいるのがむずかしく、失敗をしてしまうこともあります。でも実は、緊張感《きんちょうかん》は、がんばるあなたを助けてくれる強い味方でもあります。そもそも、緊張感《きんちょうかん》からくるストレスは、〝がんばりどき〟に直面した際、消化器官など、とりあえず今はがんばる必要のない機能を一時的に低下させ、目の前のことに集中し、最高のパフォーマンスを引き出すための生理現象でもあります。緊張《きんちょう》することで、心拍数《しんぱくすう》も上がり、脳《のう》や指先などの必要な箇所《かしょ》に血液が送られ、集中力や瞬発力《しゅんぱつりょく》が高まるので、一時的に〝いつもの自分〟から〝いつも以上に力を発揮《はっき》できる自分〟へ変わることができるのです。

それを知っているだけでも、緊張《きんちょう》は怖《こわ》くなくなるし、緊張感《きんちょうかん》を楽しめるようにもなります。ですから、苦手《にがて》意識を持たずに「じょうずにかかわろう!」と考えてみてください。緊張感《きんちょうかん》を味方につけるコツがつかめれば、人生の可能性もグンと広がります。

◎口角《こうかく》を上げて笑う

過度な緊張感《きんちょうかん》で張りつめたような気分になったら、口角《こうかく》を上げて、声を出して笑ってみてください。声を出すとストレス発散になり、笑顔《えがお》をつくることで顔の筋肉《きんにく》もほぐれます。また、セロトニンという幸せホルモンが分泌《ぶんぴつ》され、緊張感《きんちょうかん》が緩和《かんわ》するだけでなく、楽しい気分にもなってきます。

◎やわらかいものをにぎる

自分にとって困難《こんなん》なことにチャレンジする際に、強い緊張感《きんちょうかん》にのまれそうになったら、やわらかいものを手ににぎってみてください。たとえば、ふわふわしたやわらかいタオルを手にしていると、目の前にある事態の困難《こんなん》さが弱く感じられることがわかっています。

◎ポジティブな言葉への置《お》き換《か》え

緊張《きんちょう》のあまり、「怖《こわ》い」「無理だ」などのネガティブなささやきが心に浮《う》かんできたら、「緊張《きんちょう》しているのはわたしだけじゃない」「きっと大丈夫《だいじょうぶ》」などと、あえてポジティブな言葉に置《お》き換《か》えてみてください。ポジティブな自己暗示《じこあんじ》がかかって、不安感が弱まり、勇気がわいてきます。また、緊張感《きんちょうかん》には、絆《きずな》をはぐくむ効果もあります。高杉《たかすぎ》君と心音《ここね》ちゃんのように、一緒《いっしょ》にがんばって緊張《きんちょう》を乗りこえた仲間には、家族のような絆《きずな》が芽生《めば》え、お互《たが》いが心強い存在《そんざい》になっていきます。

コミュ障《しょう》脱《だっ》皮《ぴ》宣《せん》言《げん》！

長江優子

1

ブルーな始業式

長い休みが明ける数日前から、ぼくは決まってユウウツになる。

特にひどいのが春休みで、クラス替《が》えのことを思うと夜も眠《ねむ》れなくなる。一年かけてようやく気の合う友だちができたと思ったら、いきなりシャッフルってどうなんだろう。「出会いの春」と先生は言うけど、ぼくにとってクラス替《が》えは、それまでの努力が水の泡《あわ》になる無慈悲《むじひ》な破壊行為《はかいこうい》でしかない。

これまで、小学校で三回、中学校で二回、そして、高校生になってはじめてのクラス替《が》えを経験した。

二年生になって、ゴールデンウイーク、夏休み、シルバーウイークと、長い休みのたびに気持ちをふるいたたせてきたけど、この冬休みはうまくいかなかった。三学期のことを考えただけで気分がしずんで、クリスマスケーキも年越《としこ》しそばもお雑煮《ぞうに》も、砂《すな》をかんでいるみたいで味がしなかった。

なんでこうなったのかというと、ぼくのせい。自業自得だ。

三か月前、同じ美化委員になったのがきっかけで、クラスメートの渡良瀬《わたらせ》君と仲良くなった。渡良瀬《わたらせ》君は休み時間のたびにぼくの席までやってきて、いろいろなことをしゃべった。

「今朝さぁ、カメが横断歩道を歩いてたんだぜ」

「へえ~」

「うちの親、毎朝ブラックコーヒー飲むんだけど、あれって、いつからうまいと思うようになるのかな」

「う~ん」

「数学の花村《はなむら》先生の髪形《かみがた》、なんかやばくね?」


コミュ障《しょう》……「コミュニケーション障害《しょうがい》」の略。人とうまく話すことができない、ひどく人見知りするなど、対人関係において意思や感情をうまく伝達できない状態。

「うん」

〝たわいのない会話〟というのが、ぼくはニガテだ。気の利いたことを言いたいけど、頭の中がホワホワしてすぐに返事できない。ブツ切りの会話を重ねることに疲《つか》れたのか、渡良瀬《わたらせ》君はだんだんとぼくのところに来なくなった。それからしばらくして更衣《こうい》室《しつ》で着替《きが》えていたとき、クラス委員の東郷《とうごう》君が「灰原《はいばら》、噂《うわさ》になってんぞ」と周囲を気にしながら話しかけてきた。

「渡良瀬《わたらせ》が『オレは灰原《はいばら》に嫌《きら》われてる。話しかけてもノーリアクションなんだ』って言ってたけど。本当なのか？」

「えっ……」

ショックだった。渡良瀬《わたらせ》君がそんなふうに思っていたとは……。会話を楽しく続けられないばっかりに、こんな誤解《ごかい》をされてしまうとは思いもよらなかった。

こんなときに「ちがうよ、そんなことないって」と笑顔《えがお》で返せたら、どんなによかっただろう。ぼくには噂《うわさ》を否定《ひてい》してまわるような勇気も、高度なコミュニケーション能力もない。噂《うわさ》が自然消滅《しょうめつ》していくのをじっと待ち続けた結果、「陰気《いんき》なヤツ」というレッテルを貼《は》られてしまった。

そんなわけで、二年生も残すところあと三か月だというのに、ぼくはクラスメートの半分以上とろくに話せていない。「クラスの全員とちゃんと口をきく」という小学生のときからの目標は、これまで一度も達成したことがないけど、今年はワースト記録の更新《こうしん》はまちがいなしだ。

冬休み最後の日、ぼくは泣きたい気分で天井《てんじょう》を見つめながら眠《ねむ》りについたのだった。

そして翌朝《よくあさ》、三学期が始まった。始業式（といっても教室のスピーカーから校長先生の話が流れるだけだが）のあと、いつも通りの授業がおこなわれた。

授業中、ぼくは先生にあてられないように、天敵から身を隠《かく》す小動物みたいに存在《そんざい》感《かん》を消す。休み時間になると、窓《まど》の外をながめるか、机《つくえ》につっぷしてすごす。昼は教室を出て、体育館の裏《うら》で空をながめながら弁当を食べる。そうしているときがいちばん落ち着く。人間嫌《にんげんぎら》いと思われるかもしれないけど、そうじゃない。ぼくはだれかに見られると、なんだか落ち着かなくなるのだ。

弁当を食べ終えて廊下《ろうか》を歩いていたら、保健の眞白廉《ましろれん》先生に会った。目をそらして気づかないふりをしたけど、先生は「灰原《はいばら》、なんか痩《や》せた？」と声をかけてきた。

こんなふうにレン先生はしょっちゅう話しかけてくるんだけど、ぼくはいつも返答に困《こま》る。視線《しせん》を宙《ちゅう》にさまよわせていたら、「正月太りはよく聞くけど、正月痩《や》せってのはめずらしいなぁ。何かあったら、……あ、何かなくても保健室に遊びにおいで」とレン先生はほほえんで去っていった。

外で無口なことの反動か、ぼくは家ではよくしゃべる。

その夜のメニューは、シイタケの炊《た》きこみご飯に、シイタケの味噌汁《みそしる》、シイタケの炒《いた》め物《もの》、シイタケがごろごろ入った茶碗蒸《ちゃわんむ》し。なぜかシイタケづくしだったので「なんなの、この献立《こんだて》？　シイタケ祭りかよ」とつっこんだら、お母さんはパート先の同僚《どうりょう》から大量の干《ほ》しシイタケを買わされたんだと言った。

「強くすすめられるとことわれなくって、ついつい……」

眉毛《まゆげ》を八の字にしたお母さんの言葉に、お父さんが激《はげ》しくうなずいた。

「母さん、とんだ災難《さいなん》だったねえ。オレも今日、社員食堂で天丼《てんどん》を頼《たの》んだら、中華丼《ちゅうかどん》が出てきたけど、何も言えなかったよ」

「あら、まあ」

「この前はハンバーグ定食がチキン南蛮《なんばん》定食、その前はナポリタンがたらこパスタだった。でも、後ろに列ができていたし、いそがしそうにしているおばさんたちに注意するのはちょっとね」

「うんうん、わかるわぁ、お父さんの気持ち」

ぼくの名前は勇希《ゆうき》という。勇気と希望にあふれる人間に育ってほしいという願いをこめて、両親は命名したそうだ。でも、親にないDNAがぼくに備わるわけがない。もくもくとシイタケを食べている二人の姿《すがた》を見て、ぼくは深いため息をついた。

こんなぼくだけど、人生に希望を感じる瞬間《しゅんかん》がある。

それは音楽を聴《き》くときだ。

いちばん好きなアーティストは、ヘビメタバンドの「パールズ」。

ボーカルのアクセルは、ぼくの神様だ。パールズの曲はアクセルがほとんどつくっていて、ぼくのために書いたんじゃないかと思うくらい歌詞《かし》が心にひびいてくる。たとえば「ジャックナイフみたいな他人の視線《しせん》が　オレのプライドを切《き》り裂《さ》く」とか、「話しかけられて　笑いかけられて　小さな死が心に積み重なっていく」とか……。

風呂《ふろ》上がりにヘッドホンで両耳をガシッとふさいで、アクセルの歌声、というか心の叫《さけ》びを大音量で聴《き》きながらぬれた髪《かみ》をゆらしていると、心がグワ～ンと広がって、なんでもできるような気分になってくる。

でも、現実にはもちろん何もできないし、むしろ、ぼくの想像をはるかにこえるような最悪の事態がおきたりする。

「柿色《かきいろ》パンツ事件」はまさにそんな感じのできごとだった。

2 柿色《かきいろ》パンツ事件

ぼくが通っている肥枇杷《ひびわ》高校では、三年生を送り出す「びわ送会」が三月におこなわれる。合計十二クラスある一、二年から四つのクラスが出し物を披露《ひろう》するのだけど、今年はぼくのクラスがそのひとつに選ばれた。

「柿色《かきいろ》パンツ事件」がおきたのは、びわ送会でのクラスの出し物をめぐって、放課後にミーティングが開かれたときだった。

とにかく順を追って話そう。

ミーティング中、クラス委員の東郷《とうごう》君が「六組の出し物、何かやりたいことありますかぁ」と教室を見渡《みわた》す中、ぼくはいつものようにうつむいて存在感《そんざいかん》を消していた。

すると、隣《となり》の席の赤井氷美子《あかいひみこ》が起立して「英語劇《えいごげき》がいいと思います」と言った。

赤井《あかい》さんは演劇部《えんげきぶ》の部長で、英語が得意だ。彼女《かのじょ》らしい提案だなと思いながら横をちらっと見たら、思わぬものが目に入った。

(赤井《あかい》さんのパ、パ、パ、パンツがっ!!)

グレーのスカートのファスナーがクジラの口みたいにぱっくり開いていた。スカートの中につっこんだ白いブラウスの下に、柿色《かきいろ》と言えばいいのだろうか、赤に近いオレンジ色のパンツがはっきりと見えたのだ。

(ど、どうしよう、見てしまった!)

六時間目の授業は体育だったので、着替《きが》えたときにファスナーを閉《し》め忘《わす》れたのだろうか。

(言ってあげたほうがいいのかな)

いいや、無理。絶対ありえない。「ファスナー閉《し》まってないよ」なんて言ったら、赤井《あかい》さんに、お礼どころか、「どこ見てんのよ、変態!」と悪態をつかれるにきまっている。そのうえ、みんなに言いふらされて、「灰原《はいばら》のムッツリスケベ」と陰口《かげぐち》をたたかれるかもしれない。

(ここは何も見なかったことにしよう)

ぼくはうつむいたまま視線《しせん》だけを黒板に向けた。

それにしても、なんとハデな色のパンツなんだろう。草色の細かい模様《もよう》が入っていたけど、なんの柄《がら》だろうか?

(クローバーかなぁ。いや、ペンペン草かなぁ)

ぼくは気になった。気にしないようにしていたら、ますます気になった。まちがっても赤井《あかい》さんのパンツが見たかったのではない。あくまでも模様《もよう》がなんの植物か知りたかっただけだ。

ほんの少し首を横に動かして、右の目尻《めじり》に瞳《ひとみ》をよせた瞬間《しゅんかん》、赤井《あかい》さんと目が合った。

「なによ?」というふうに大きな目で、こっちを見返している。ぼくはあわてて視線《しせん》を前にもどした。

結局、出し物は英語劇《えいごげき》になった。演出と脚本《きゃくほん》を担当《たんとう》することになった赤井《あかい》さんが、東郷《とうごう》君にかわってミーティングの進行役をつとめた。

赤井《あかい》さんが演目の候補《こうほ》を黒板に書き出していたそのとき、クラスでいちばん目立っている男子たちが声をあげた。

「赤井《あかい》。スカートのファスナー、開いてるぞ!」

赤井《あかい》さんは視線《しせん》を左の腰《こし》に向けると、あわててファスナーを引き上げた。

「ヒュー! ヒュー!」

「セクシ〜!」

「よっ、露出狂《ろしゅつきょう》!」

男子たちがからかうなか、赤井《あかい》さんは顔をこわばらせて黒板に白いチョークを走らせた。

下校時――。

ぼくは校門を出るなり、耳にイヤホンをつっこんだ。木枯《こが》らしにふかれながら、パールズの曲を聴《き》いていたら、突然《とつぜん》、だれかに背中《せなか》をたたかれた。

振《ふ》り返《かえ》ると、赤井《あかい》さんが息を切らしながら仁王立《におうだ》ちしていた。ぼくはあわててイヤホンをはずした。

「なんべん呼《よ》んだら気がつくのよ」

「あっ、ごめん。イヤホンしてて、それで……」

「今、ちょっといい？」

「あっ、う、うん」

「英語劇《えいごげき》のことなんだけど、灰原《はいばら》君、何か役をやってくれない？」

「……役？」

「そう。お芝居《しばい》の役をやってほしいの」

何を言ってるんだろう。

ぼくは頭がもげるくらい首を横に振《ふ》った。

「いや、そういうの、ニガテなんで……」

「最初から得意な人なんていないから大丈夫《だいじょうぶ》」

「でも、それだけはちょっと……」

「灰原《はいばら》君も知っての通り、演出家のわたしが配役を決めていいって、東郷《とうごう》君から全権《ぜんけん》委任されたから」

「そ、そう言われても無理なんで……すみません!」

後ずさりしながらその場をダッシュで立ち去ろうとしたら、赤井《あかい》さんは低い声で言い放った。

「さっき、わたしのスカートのファスナーが閉《し》まってなかったこと、気づいてたでしょ?」

「！！！！」

「気づいてたのに教えてくれなかったおわびとして、ここはひと肌脱《はだぬ》いでちょうだい」

赤井《あかい》さんはそう言い残すと、クルッと背中《せなか》を向けた。

ガラス細工《ざいく》のような冬の夕焼け空の下、赤井《あかい》さんの長い髪《かみ》が左右にゆれながら遠ざかっていく。

ぼくは恐怖《きょうふ》にふるえながらその場に立ちすくんだ。

（ぼくが英語劇《えいごげき》の役って……どうしよう!?）

3 暗黒色の日々《ひび》

その日の夕食時、赤井《あかい》さんのハデなパンツを見てしまったために、彼女《かのじょ》から三年生の送別会で英語劇《えいごげき》の役をやらされることになった、と両親に話した。

「人見知りの勇希《ゆうき》が女の子のパンツを、ねえ」

「お母さん、そのコメント、ハンパなくずれてる。見ようとして見たんじゃなくて、たまたま見えたんだよ」

「まあ、なんでもいいけど、せっかくのチャンスなんだから、やってみなさいよ」

「勇希《ゆうき》、大きくかわれるチャンスかもしれないぞ」

「他人事《ひとごと》だと思ってなんだよ。じゃあ、お父さんはできる？　お母さんはどうなんだよ？」

う～ん、と黙《だま》りこむ両親を見て、ぼくはフンッと鼻を鳴らした。ほら、自分たちだってできないくせに……。

「明日、ことわるから。ゼ――――ッタイにね」

翌朝《よくあさ》、校門をくぐる直前までパールズの曲を聴《き》いて気合いを入れた。でも、赤井《あかい》さんの姿《すがた》を見たとたん、ぼくはしっぽを巻《ま》いてトイレに逃《に》げこんだ。

だって、もしもぼくが「役をやらない」とことわったばかりに、赤井《あかい》さんが逆ギレして「人のパンツをじろじろ見てたくせに！」なんて教室中にひびき渡《わた》る声で叫《さけ》んだりしたら？　ぼくはこの先、生きていけない……。

次の日も、その次の日も、「もしも」を想像して、ことわれなかった。赤井《あかい》さんと目が合うと、ぼくは反射的《はんしゃてき》に目をそらしてしまうのだった。

昼休みのとき、早朝出勤《しゅっきん》のお母さんが弁当代としてくれた四百円を持って食堂に行った。カレーライスをのせたトレイを持って、割《わ》り箸《ばし》やコップが置いてある箱をのぞきこんだら、スプーンがなかった。フォークもきれている。だれかが「すいませーん。スプーンないんですけど～」と声をあげるのを待っていたけど、なぜか来る人来る人、割り箸《わばし》を取っていって、そうこうしているうちに割り箸《わばし》も底をついてしまった。

仕方がないので、購買部《こうばいぶ》の行列にならんでヨーグルトを買った。体育館の裏《うら》で、冷《さ》めたご飯のかたまりをヨーグルトについてきたプラスチックの小さなスプーンですくって口に運んだ。

(なんでぼくはこうなんだろう)

「スプーンをください」と言えばすむことなのに、それがはずかしくてできない。みんなにできることが、ぼくには悲しいほどできないんだ。

「小鳥みたいな食べ方だな」

「……?」

顔を上げると、保健のレン先生が立っていた。白衣のポケットに手をつっこんで、ぼくの手元を見ている。

「『ちょこちょこ食べダイエット』が世間ではやっているらしいけど、灰原《はいばら》はダイエットなんて必要ないだろ」

「……はぁ」

いきなりぼくの視界《しかい》にシルバーのスプーンがあらわれた。

「はい、これ」

「……あ、ありがとうございます」

ぼくはプラスチックのスプーンをなめて、レン先生からスプーンを受け取った。

「食堂で見てたよ」

「えっ……」

「灰原《はいばら》は人見知りなんだな」

「い、いいえ、そんなことないっす」

「じゃあ、ここで質問タイム。『はい』か『いいえ』でこたえること。いいな?」

先生はそう言うと、有無《うむ》を言わせず質問をぶつけてきた。

「その一。人と目を合わせることができない」

ぼくは思わず「はい」とこたえた。

「その二。おおぜいの前で発言しようとすると、頭の中が真っ白になる」

「……はい」

「その三。学校ではあまりしゃべらないけど、家ではよくしゃべる」

その通り。ぼくはうなずきながら「はい」と言った。

「その四。自分に対してまったく自信がないけど、自分がだれよりも劣《おと》っていると思うことに対してはすごく自信がある」

うんうん、まさにそうだ。ぼくは自信を持って「はい!」とこたえた。

「全部『はい』だったな。やっぱり灰原《はいばら》はかなりの人見知りだ」

「…………」

「そんな悲しい顔をするなよ。灰原《はいばら》と同じような悩《なや》みをかかえてる子は、たくさんいるんだから。みんな、そんな自分をかえたいと思っている。……灰原《はいばら》はどうだ？」

ぼくは雑草がところどころに生《は》えた地面を見つめた。

（そりゃあ、ぼくだって、かわれるものならかわりたいよ。でも、どうやったらそんなことができるんだろう）

レン先生が足踏《あしぶ》みしながら水色のマフラーに顔をうずめた。

「うぅ～、さっむいなあ。なあ、保健室に行こうぜ」

「えっ？　でも……」

「レンジがあるから、それ、あっためてやるよ」

4 頭の中、真っ白!

森の香《かお》りがただよう保健室で、ぼくは熱々《あつあつ》のカレーライスを食べた。そのあいだ、レン先生はケガをした生徒の応急処置《しょち》をしたり、女子たちのおしゃべりにつきあったりしていた。

ひとしきり用事をすませたところで、先生はジャスミンティーを入れてくれた。保健室に行くとレン先生が生徒の症状《しょうじょう》に合わせたハーブティーを入れてくれると聞いたことがあるけど、あのウワサは本当だったんだ。

「どうだ?」

「あっ、おいしいです」

「ジャスミンティーはリラックス効果があるんだ」

「はぁ……」

「灰原《はいばら》はかわれるよ」

「………」

「キミがなりたいような人にかわるために、灰原《はいばら》をサポートする人を紹介《しょうかい》したいんだけど、どうだ？」

いきなり何を言い出すんだろう。でも……。

ぼくはうつむいて、かすかにうなずいた。

「よしっ。じゃあ、こっちにおいで」

レン先生はベッドの横のカーテンを開けた。

「！！！」

カーテンの奥《おく》を見たぼくは、思わずマグカップを落としそうになった。そこにはベッドではなくパソコンがあって、ほかにも本やファイルやハードディスクなど、いろんなものが置いてあった。壁にかかった額縁《がくぶち》には「人は人によって癒《い》やされる。肥《ひ》枇杷《びわ》に集いし仲間たちよ、いざ若人《わこうど》を助けん」と格言めいたことが書いてある。

「いったい、これはなんなんですか」と聞きたいところだけど、ぼくは黙《だま》っていた。

「ここの卒業生で、灰原《はいばら》よりひどい人見知りの子がいたんだ。……ほら、この子だよ」

レン先生はキーボードをカチャカチャとたたくと、モニターがぼくに見えるように体を横にかたむけた。ぼくは首をのばして、モニターに映《うつ》る男子生徒の写真を見た。

まっすぐな鼻筋《はなすじ》と、形のいい唇《くちびる》。かっこよさそうだけど、長い前髪《まえがみ》で目元が完全に隠《かく》れているので、表情はよくわからない。

「彼《かれ》は筑紫大介《ちくしだいすけ》君」

「ちくし、だいすけ?」

聞いたことのある名前だ。えーと、だれだっけ? 思い出せないけど、なぜか胸《むね》の奥《おく》がザワザワする。

「大介《だいすけ》は今、パールズっていうバンドのミュージ……」

「あぁぁぁあ！」

「ど、どうした!?　大丈夫《だいじょうぶ》か？」

「す、すいませんっ」

ぼくは呼吸《こきゅう》が苦しくなって切れ切れにたずねた。

「アクセルは……いや、筑紫《ちくし》さんは、うちの学校の生徒だったんですか!?」

「そうだよ。昔とくらべると、ずいぶんかわったけどな。一度、大介《だいすけ》と会ってみないか」

「あぁぁぁあ！」

「だからどうしたんだよ!?」

「す、すいませんっ」

「とにかく、灰原《はいばら》にその気があるなら、いつでも大介《だいすけ》に連絡《れんらく》するから」

まさか、まさか、まさかあのアクセルがぼくと同じ高校出身だったとは！　しかも極度の人見知りだったとは!

こんなことってあるのかな。ぼくは先生にだまされているんだろうか。

アクセルの過去はなぞにつつまれていて、ファンのあいだではそのなぞをあえてあばかないようにして、ミステリアスな雰囲気《ふんいき》をつくり出しているフシがある。だから、ぼくも気にしてこなかったけど、学生時代の写真を見たかぎり、アクセルにそっくりだった。正確には、今のアクセルから自信と毒をぬいたような感じ。前髪《まえがみ》で目元を隠《かく》したあのヘアスタイルは、ぼくと同じタイプのキャラのような気がする。

それにしても、アクセルに会えるなんて夢みたいだ。でも、緊張《きんちょう》のあまり、とんでもない失敗をしてしまったらどうしよう。人と目を合わせることすらできないぼくが、アクセルを前にして何が話せるのだろう。アクセルに嫌《きら》われるくらいなら、会わないほうがマシだ。音楽でアクセルとつながっていれば、ぼくはそれで満足なんだ……。

そんなことを考えながら教室にもどったら、赤井《あかい》さんが声をかけてきた。

「灰原《はいばら》君って、いつも昼休みにどこ行ってるの」

「いや、あの、外に……」

「ふーん。さっき、みんなにも話したんだけど、英語劇《えいごげき》で『オズの魔法使《まほうつか》い』をやることに決めたから」

「……………」

「灰原《はいばら》君はライオンの役。今週中には台本を書き上げるので、来週から稽古《けいこ》をやります。よろしくね」

「あっ、あの……」

赤井《あかい》さんはぼくを無視《むし》して次の授業の準備を始めた。

(まずい。話が勝手に進んでる!!)

ここでなんとかしないと、本当に舞台《ぶたい》に立つことになってしまう。

しかもセリフが全部英語なんて絶対無理だ。

そのとき、ふとレン先生の言葉を思い出した。

「灰原《はいばら》と同じような悩《なや》みをかかえてる子は、たくさんいるんだから。みんな、そんな自分をかえたいと思っている」――。

もしも本当にかわれるなら……。自分をかえて、赤井《あかい》さんに「役をやりたくない!」ときっぱりことわれるのなら……。

(アクセルに会おう)

うん、そうするしかない!

やけっぱちになったぼくは、窓《まど》の外に広がる青空を見つめた。

5　黄金のトレーニング〈初級〉

土曜日の早朝――。

ぼくはレン先生と一緒《いっしょ》にいた。はき出した白い息が、レン先生の背後《はいご》の豆腐《とうふ》みたいな建物と同化して壁《かべ》の色に溶《と》けていく。

「灰原《はいばら》、そうガチガチにならなくても大丈夫《だいじょうぶ》だぞ。大介《だいすけ》は気さくなヤツだから安心しろ」

レン先生がこすり合わせた両手に息をはきかけた。白衣を着ていない先生は大学生みたいで、とても保健の先生には見えない。

それにしても、アクセルに会ったとき、緊張《きんちょう》しないでいられるものだろうか。昨日の夜は頭がさえて一睡《いっすい》もできなかった。

そのときだった。ごう音とともに黄色いスポーツカーが車道にあらわれた。こちらに向かってきたと思ったら建物の前で急停車。大きな鳥がゆっくりと翼《つばさ》を広げるようにドアが開いて、黒い革《かわ》のロングコートを着た男の人がサングラスをはずしながらおりてきた。

「先生、久しぶり!」

「おぅ、大介《だいすけ》。元気そうだな」

(な、な、な、な、生《なま》アクセルだっ!)

ぼくは口をぽかんと開けて、レン先生と楽しげにしゃべっているアクセルに釘《くぎ》づけになった。なんという光景なんだろう。とても現実とは思えない。

ふいにアクセルがぼくのほうを向いた。

「勇希《ゆうき》君、だっけ?」

「あ、あ、あ……」

「じゃ、行こうか。先生、また今度！」

「うん、よろしく。灰原《はいばら》、気をラク～にしてな！」

レン先生は片手《かたて》をあげて去っていった。

（アクセルと二人っきり!?）

ぼくは初登園の幼稚園児《ようちえんじ》のように不安と緊張《きんちょう》でいっぱいになりながら、アクセルのあとをくっついて白い建物の中に入っていった。

「ここ、なんだかわかる？　音楽スタジオだよ」

建物の中に入ると、防音壁《ぼうおんへき》におおわれた一室に通された。真ん中にいすが二脚《きゃく》、それと全身が映《うつ》る大きな鏡が置いてある。アクセルはいすに横向きになってすわると、

「じゃ、さっそく始めようか」と言った。

「今日はオレ流の人見知り克服法《こくふくほう》を教えるから。まず、その鏡で自分の顔をよく見て」

ぼくはアクセルに言われた通り、鏡に映《うつ》った自分の顔を見た。

「自分をよーく観察して、いいところを見つけるんだ。うぬぼれてるとか、いいところなんかあるわけないとか、絶対思わないこと。他人になった気分で、自分を観察してみるんだ」

ぼくはうなずいた。

自分の顔を穴《あな》があくほどながめてみる。切れ長の目（寝不足《ねぶそく》で充血《じゅうけつ》ぎみ）。チョコレート色の髪《かみ》の毛《け》（少し猫《ねこ》っ毛《け》）。ニキビのない肌《はだ》（日焼けすると真っ赤になる）。

そういえば、歯医者に行ったとき、歯ならびがきれいだとほめられたことがある。

「どれくらい見つかった？」

「えーと、四つです」

「オーケー、上出来だ。オレが高校生のときは、一個も見つけられなかった。……いいか？　今わかったように、勇希《ゆうき》の顔には四つもいいところがある。本当はもっとあるけど、まあいい。四つで十分だ。とにかく、だれに見られてもはずかしくない顔立ちをしているということだけは覚えておけよ」

「は、はいっ」

アクセルにほめられて、ぼくは泣きそうになった。と同時に、この感激《かんげき》が自信にかわる日が来るのだろうかと、心のどこかでうたがっている自分もいる。

アクセルが立ち上がってコートを脱《ぬ》いだ。中から真っ赤なドクロがプリントされたTシャツがあらわれた。

「じゃあ、次は人に会ったときや緊張《きんちょう》する場面で、不安をしずめる方法を教える。まず、冷たい水を飲んでごらん」

アクセルがコートのポケットからペットボトルを出した。ふつうのミネラルウォーターだった。

「それを全部飲むんですか?」

「そう。一気に飲んで」

ぼくはペットボトルを受け取った。てのひらがヒヤッとした。

言われた通りに口をつけたら、思っていた以上に冷たかった。歯ぐきが凍《こお》りつきそうだ。

それでも、ぼくは我慢《がまん》して水を飲んだ。ペットボトルが空《から》になった瞬間《しゅんかん》、こめかみにドリルがつきささったみたいに、頭がキーンとした。ぼくはエビ反《ぞ》りになって頭を両手でかかえた。

「オーケー。うん、いいぞ。次に体の力をぬいてダラーンとすること」

アクセルが教えてくれた呼吸法《こきゅうほう》は、まず、頭の中で「1、2」とかぞえながら息をすって、「3、4、5、6」とかぞえながら息をはく。これを六回繰《く》り返《かえ》したあとで、再び「1、2」で息をすって、「3、4、5、6、7、8」の六秒間で息を止め、その後の「9、10、11、12、13、14」で体をダラーンとさせながら息をはく、というものだった。

「オレは今でもライブや取材を受ける前に、冷水の一気飲みと、この呼吸法《こきゅうほう》をやってるんだ。じゃ、今日のトレーニングはここまでな」

二十分ほどのレッスンだったけど、ぼくにとっては数秒にも、何時間にも感じられた。時間を超越《ちょうえつ》した濃厚《のうこう》なひとときだった。

帰りの車に乗ったとき、ぼくはアクセルにおそるおそるたずねた。

「あの、アクセルさんは本当に人見知りだったんですか」

アクセルはサングラス越《ご》しに前方を見つめながらこたえた。

「ああ。オレは今でも不安を感じるし、人から見られることが怖《こわ》い。筑紫《ちくし》大介《だいすけ》は高校時代となんらかわっちゃいない。でも、アクセルという役になりきると、不安がふっとぶんだ」

「じゃ、じゃあ、いつアクセルのキャラを思いついたんでしょうか？」

「高校生のとき。オレって、人が近づいてきただけでフリーズするひどいコミュ障《しょう》だったんだ。そんなときに赴任《ふにん》したばかりのレン先生から、『キミのことはだれも見てないから安心しな。人は自分以外のことには案外無関心なものだぜ』ってはっきり言われて……。ほっとした反面、すごくムカついた。それで、いつかみんなの目をオレに向けさせてやるって心に誓《ちか》ったんだ。そういうわけで、思いついたのがアクセルってわけ」

そう言って、アクセルこと筑紫大介《ちくしだいすけ》さんは車を発進させた。一気に加速して町中を走りぬけ、ほどなく駅に着いた。

翼《つばさ》のようなドアが開いた瞬間《しゅんかん》、ぼくは思いきって告白した。

「あのっ！　ぼ、ぼく、パールズの大ファンなんです。……アクセルさんの曲から、いつも勇気をもらってます！」

サングラスの奥《おく》でアクセルの目尻《めじり》が下がったのがわかった。アクセルはぼくのほうに拳《こぶし》を差し出した。ぼくも拳《こぶし》をつくって、アクセルの白くて繊細《せんさい》な拳《こぶし》にコツンとぶつけた。

「勇希《ゆうき》、次に会うときまでの宿題は『大きな声であいさつすること』。いいな？　がんばれよ」

「はいっ！」

黄色い車はあっという間に小さくなって車道から消えた。ぼくは夢遊病者のようにふわふわと軽い足どりで駅の中に入っていった。

ああ、なんという夢のような時間！　超多忙《ちょうたぼう》なアクセルがぼくのためにくれた、プライスレスなトレーニングタイム！　しかも、また会えるチャンスがあるなんて、信じられない！

ぼくの幸運は、その後も続いた。

次にアクセルに会ったのは、それから一週間後のこと。

ぼくはレン先生から、都心のあるカフェに行くように指示されたのだった。

6　黄金のトレーニング〈中級とばして上級〉

「今日の人見知り克服《こくふく》トレーニングは、『会話を楽しむ』だ」

日曜日の朝、ぼくは都心の閑静《かんせい》な住宅街《じゅうたくがい》にあるカフェテラスにいた。テーブルをはさんだ向かい側には、黒い帽子《ぼうし》をかぶり、サングラスとマスクをしたアクセルがいる。そんなかっこうのほうが人目につきそうだけど、幸いにもぼくたち以外お客さんはいなかった。

「ところで、例の宿題はクリアした?」

アクセルが屋外用ストーブに両手をかざしながらたずねてきた。

「はい、ぼくなりにがんばりました。今朝は近所のおばさんに自分からあいさつできました」

「へえ〜、すごい進歩じゃん」

「ありがとうございます」

この前の別れ際、アクセルはぼくに「大きな声であいさつする」という宿題を出した。家の中では楽勝だったけど、問題は学校だ。登校前、ぼくはアクセルから教えてもらった〈不安をしずめるための、冷水の一気飲みと呼吸法《こきゅうほう》〉をやった。そうすると、暗示にかかったみたいに気持ちが落ち着いて、校門の前に立っていたレン先生にも「おはようございます！」と大きな声であいさつできた。先生は目を丸くして、それから笑顔《えがお》で親指を立てた。

いったん成功すると日に日に自信がついていって、何日かたったころには、呼吸法《こきゅうほう》をやらなくても、のどの奥《おく》から自然に声が出てくるようになった。

「じゃあ、今日のトレーニングに入ろう。勇希《ゆうき》は人としゃべるのが得意か？」

「いいえ」

「だよな。オレもそう。人としゃべることがそもそも苦手《にがて》なうえに、『オレからも何かしゃべらないと』って思いが、自分自身にプレッシャーをかけてくるんだよなあ」

「そうそう、そうなんです!」

ぼくが身を乗り出すと、アクセルは指をパチンッと鳴らして、「そんなときは聞き役になればいいんだ」と言った。

「話すのが苦手《にがて》なら、聞き役に徹《てっ》すればいい。ペラペラしゃべるヤツより、好感度が上がるし、信頼《しんらい》もされる。悪くないだろ?」

そうしてアクセルが教えてくれたのが〈あいづちの打ち方〉だった。あいづちには〈同意・同情・おどろき〉の三つがあるらしい。

たとえば、こんな感じだ。

「クロワッサンって、食べるときにボロボロこぼれない?」

「うんうん、そうだよね~〈同意〉」

「昨日、家の鍵《かぎ》をなくしちゃったんだ」

「うわぁ、それは大変だったね〈同情〉」

「昨日、二十時間も寝《ね》ちゃった」

「えぇぇえ、すげー！〈おどろき〉」

言われてみれば、これまでのぼくは〈同意〉のあいづちしか打たなかったような気がする。

さっそく、アクセルと会話して、あいづちの練習をした。

あらかたマスターしたところで、いったん休憩《きゅうけい》。

「オーケー。じゃあ、次は一歩進んで、〈疑問《ぎもん》と展開《てんかい》の必殺ワード〉のトレーニングだ」

アクセルは疑問《ぎもん》と展開《てんかい》について、こんな会話で説明してくれた。

「今日、これから買い物に行くんだ」

「どこに行くの？〈疑問《ぎもん》〉」

「赤い塔《とう》まで進むと、ポイントゲットできるんだよ」

「じゃあ、青いところまで進んだらどうなるの?〈展開《てんかい》〉」

さらに〈あいづち〉+〈疑問《ぎもん》〉、または〈あいづち〉+〈展開《てんかい》〉を繰《く》り返《かえ》すことで、会話はエンドレスに続くとアクセルは言った。実際にこの法則を使ってアクセルとしゃべってみたら、川の流れのようにサラサラと会話が進んだ。

気づけば、お客さんが席を埋《う》めつくしていて、店員たちがあわただしくテーブルのあいだを行きかっていた。

「オーケー。次は実践編《じっせんへん》だ。勇希《ゆうき》、行くぞ」

アクセルが立ち上がった。こっちを見てコソコソしゃべっている人たちの目をさけるようにして店を出ると、車道にとめてあるアクセルの黄色いスポーツカーに乗りこんだ。

かすかに春を感じる風を受けながら、スポーツカーは都心のにぎやかなエリアへ近づいていった。

「あのぉ、どこへ向かってるんでしょうか」

ぼくがおそるおそるたずねると、アクセルは「渋谷《しぶや》」とこたえた。

「本当は巣鴨《すがも》のとげ抜《ぬ》き地蔵前《じぞうまえ》でお年寄りとしゃべるところから始めようと思ったけど、時間がない。一段《いちだん》スキップして上級編にトライする」

「上級編って……？」

「女の子に声をかけるんだ」

「はぁっ!?　それって、ナンパじゃ……」

「だいぶ荒療治《あらりょうじ》だけどな。一人でも会話のやりとりができたら、トレーニングはフィニッシュ。オーケー？」

アクセルは有無《うむ》を言わせず、ハンドルを左に切った。

7 ショッキングピンクのコート

突然《とつぜん》、ぼくは渋谷《しぶや》駅前のセンター街のどまんなかに放り出された。雑居ビルを見上げると、二階のカフェの窓《まど》からアクセルが双眼鏡《そうがんきょう》をのぞきながら手を振《ふ》っていた。

(ぼくがナンパなんて、そんなぁ)

アクセルによると、人見知りをなおすには〈人に話しかける回数を増やす〉と効き目があるらしい。特にナンパは、初対面の人に次々《つぎつぎ》と話しかけることになるので、最高に効果的なんだそうだ。

「ナンパってのは、どんなイケメンでもことわられるもんだ。だから失敗しても気にするな。むしろ、ことわられることに慣れるのが大事なんだよ」

スクランブル交差点からセンター街へと、怒濤《どとう》のごとく人が流れこんでくる。ぼくは目を閉《と》じて、自販機《じはんき》で買った冷たいミネラルウォーターを一気に飲みほした。続いて呼吸法《こきゅうほう》。アクセルから教えてもらった通りに全身の力をぬいて、頭の中で数字をカウントしながら、息をすったりはいたりした。

「よしっ」

ぼくは目を開けて、最初に視界《しかい》に入った女の子に近づいた。

「あの、ちょっと、いっ……」

最初のひとことを言い終わらないうちに、女の子はさっと身をかわして離《はな》れていった。ショックを引きずったまま、再チャレンジ。人のよさそうな女の子に声をかけたら、急に豹変《ひょうへん》して「なめとんのか。あん?」とにらまれた。

年上のお姉さん風の人に声をかければ鼻で笑われ、二人組の女の子にはキャーと声をあげて逃《に》げられた。

ぼくは途方《とほう》に暮《く》れて二階のカフェを見た。アクセルは「落ち着け」と伝えようとしているのか、ボールをバウンドさせるように、広げた両手を上下に動かした。

「はぁ～、まいったなあ」

ため息をついたそのとき、あざやかなショッキングピンクのコートが目に入った。

(キャラをかえて、当たってくだけるしかない!)

ぼくは腹《はら》に力を入れて、むぐっとうなずいた。クラスでいちばんのお調子者、花井《はない》君になりきって、女の子の肩先《かたさき》に近づいた。

「ちわ～っ。これからどこに行くの？　時間あるなら、どっかでしゃべらない？」

女の子がゆるやかなウェーブのかかった長い髪《かみ》をゆらしながら首をひねったとたん、息が止まった。ぼくが声をかけたのは、あろうことか赤井氷美子《あかいひみこ》だった。

「あら、灰原《はいばら》君じゃない」

「……」

「そっちこそ、こんなところで何してるの？　……あっ、もしかしてナンパ？」

「いやっ、ち、ちがうよ！　あ、あ、あ、赤井《あかい》さんだってわかってたから、声をかけたんだ」

とっさにウソをついたら、赤井《あかい》さんはニコッとして「予定よりも早めに着いたから、ちょうどよかった。ちょっとそこに入ろうよ」と通りぞいのファストフード店に足を向けた。

にぎやかな音楽が流れる店内で、テーブルをはさんで赤井《あかい》さんと二人っきり。動悸《どうき》をおさえようとしてバニラシェイクを飲みこんだら、ひどくむせた。

「大丈夫《だいじょうぶ》？」

「う、うん」

「なんか、学校以外の場所でクラスメートと会うのって、不思議な感じしない？」

「う、うん」

「灰原《はいばら》君、渋谷《しぶや》にはよく来るの？」

「ううん」

赤井《あかい》さんが黙《だま》った。つまらなそうな顔をしている。

(あ~もう。せっかくアクセルに教えてもらったのに、こんなやりとりしてちゃダメだ。……そうだ、聞き役に徹《てっ》しよう!)

ぼくは今朝マスターしたばかりのあいづちの中から〈疑問《ぎもん》〉を選んで赤井《あかい》さんに話しかけた。

「渋谷《しぶや》にはよく来るの?」

「うん、たまにね。今日はこれから知り合いの役者さんが出演するお芝居《しばい》を観《み》にいくんだ」

(やった。うまくいった!)

次は〈おどろき〉と〈展開《てんかい》〉のコンビネーションだ。

「役者の知り合いがいるなんてすごいね。どんな芝居《しばい》なの?」

「それがね、一人芝居《ひとりしばい》なの。『嵐が丘《あらしがおか》』っていうイギリスの有名な小説をベースにしたお芝居《しばい》なんだけど、一人でどう演じるのか、すっごく楽しみ！」

赤井《あかい》さんは身を乗り出すようにして、知り合いの芝居《しばい》について話した。あいづちの打ち方に慣れてくると、油をさした車輪のように会話がどんどん回転した。気づけば、赤井《あかい》さんは神妙《しんみょう》な顔をして自分自身のことを話していた。

「わたしって、すぐに友だちとぶつかっちゃうんだ。仲間はずれにされたこともある。イヤなことがあるたびに『かわらなくちゃ』って思うんだけど、性格って簡単《かんたん》にはかえられないでしょ。そんな自分から距離《きょり》を置くために演劇部《えんげきぶ》に入ったんだ。だって、お芝居《しばい》なら、堂々《どうどう》と別人になりきって、本当の自分を忘《わす》れられるから。そんな理由で始めたお芝居《しばい》が、今では楽しくってやめられなくなっちゃった」

「わかる。わかるよ、その気持ち……」

ぼくも人とうまくコミュニケーションできない自分が嫌《きら》いだ。人と視線《しせん》が合っただけでドキドキして、しどろもどろになる自分をずっとかえたいと思ってきた。アクセルに会っていなかったら、ぼくは一生コミュ障《しょう》を背負《せお》って生きていくことになっただろう。そして、こんなふうに赤井《あかい》さんと向きあってしゃべれなかっただろう。

赤井《あかい》さんは、髪《かみ》をはらいながらブラックコーヒーを飲むと、ぼくに視線《しせん》を向けた。

「灰原《はいばら》君、役をやりたくないんでしょ」

「あ……」

いきなり核心《かくしん》をつかれて、ぼくはうつむいた。

「スカートの中を見たから役をやってって言ったのは、ウソ。灰原《はいばら》君、声がすごくいいからお願いしたいと思ってたんだ。でも、そんなこと言ったって、絶対ことわられると思ったから、あんなふうに頼《たの》んだの。ごめんね」

「…………」

「演劇部《えんげきぶ》はうちのクラスでわたしだけ。あとはみんなシロウト。でも、六組全員でお芝居《しばい》できるのは、最初で最後。永遠にね。だから、心残りがないようにパフォーマンスできたらって思う」

「うん……。あの、赤井《あかい》さん」

「ん？」

「脱皮《だっぴ》できるかな」

「……？」

「その、ぼくが役をやって、ちがう自分になったら、何かかわるかな」

赤井《あかい》さんはぼくの目をじっと見つめてこたえた。

「もちろん。どうかわるかは灰原《はいばら》君次第《しだい》だけど、ひとつだけはっきり言えるのは最高の開放感を味わえるってこと」

「わかった……。じゃあ、やってみるよ」

「うんっ。期待してるね」

「そんなふうに言われると、ますます緊張《きんちょう》するよ」

「アハッ。ごめんごめん」

赤井《あかい》さんと別れたあと、ぼくはアクセルが待機しているカフェに走っていった。

「あれっ、いない!」

二階の店内をすみずみまで見渡《みわた》した。でも、アクセルの姿《すがた》はどこにもなかった。

そのとき、ぼくのスマホの着信音、パールズの曲『Change《チェンジ》』が流れた。SNSのアプリを開くと、アクセルから「たいへんよくできました」のスタンプがひとつ届《とど》いていた。

8

七色の虹《にじ》の向こうに

森の香《かお》りがただよう保健室に、マグカップから立ちのぼる甘《あま》い花の香《かお》り。

「これは？」と顔を上げたら、レン先生が「カモミールだよ」とこたえた。

「カモミールはジャスミンと同じくリラックス効果があるんだ。灰原《はいばら》は昨日の大役を終えて、神経が高ぶってるんじゃないかと思って、それにした」

「先生、さすがにぼくだってもう落ち着いてますよぉ」

ぼくは笑ってテーブルにマグカップを置いた。

昨日、三年生を送り出す「びわ送会」があった。二年六組の出し物は英語劇《えいごげき》『The Wizard of Oz（オズの魔法使《まほうつか》い）』。ぼくは臆病《おくびょう》なライオンのジーク役だった。

渋谷《しぶや》で赤井《あかい》さんに会ったとき、役を引き受けると言ったものの、いざ稽古《けいこ》が始まると想像以上にきつかった。赤井《あかい》さんはクラスの出し物とはいえ、少しも妥協《だきょう》しなかった。声が出なかったり、気持ちの入っていない芝居《しばい》をしたりすると、丸めた台本を机《つくえ》に打ちつけて怒《おこ》った。そんな赤井《あかい》さんの態度に反発するクラスメートもいたけど、彼女《かのじょ》の指示通り動くと芝居《しばい》が見ちがえるほどよくなったので、批判《ひはん》の声は次第《しだい》に小さくなっていった。

本番の朝、ぼくはSNSのアプリでアクセルにメッセージを送った。「臆病《おくびょう》なライオンを堂々《どうどう》と演じます!」と。

幕《まく》が開く直前、緊張《きんちょう》で心臓《しんぞう》が破裂《はれつ》しそうだった。でも、舞台《ぶたい》に立ったとたんにすーっとおさまった。ぼくは灰原勇希《はいばらゆうき》ではなく、ライオンのジークに変身した。

臆病者《おくびょうもの》のジークは、主人公の少女、ドロシーや仲間たちと出会って、魔法使《まほうつか》いから〈勇気〉をもらうために、オズの国に向かう。でも、旅の最後に、勇気とは人からあたえられるものではなく、自分で手に入れるものだと気づく。

「I can change! I'm not a cowardly lion anymore!(ぼくはかわれる! ぼくはもう臆病《おくびょう》なライオンじゃないんだ!)」

七色にかがやく虹《にじ》を見つめながら最後のセリフを言ったとき、ぼくは不覚にも泣いてしまった。幕《まく》が閉《と》じたあと、手に手を取りあって成功を喜ぶ赤井《あかい》さんや、ほかのクラスメートたちの目にも涙《なみだ》が光っていた。

「先生。ぼく、生まれてはじめて夢がかなったんです」

保健だよりをつくっていたレン先生が顔を上げて、「夢？」と言った。

「はい。ぼくはクラスの全員とちゃんと口をきくのが、小学生のときからの夢というか、目標だったんです。本番の前日、全員としゃべっていたことに気がついて、それが自信になったんです」

「へえ〜、そうだったのか。おめでとう、灰原《はいばら》！」

「レン先生とアクセル……じゃなくて、筑紫《ちくし》大介《だいすけ》さんのおかげです」

「そういえば大介《だいすけ》が新しい曲ができたって」

レン先生が透明《とうめい》ケースに入ったＣＤをぼくに差し出した。ＣＤの表面には黒いマジックで「Two Cowardly Lions」と書いてある。

「二頭の臆病《おくびょう》なライオン?」

「うん。なんでも、おまえと自分のことを歌ったらしい」

「えっ!」

「いつか灰原《はいばら》がオトナになったとき、同じような悩《なや》みをかかえた生徒がいたら、相談にのってやってくれないかな?」

「もちろんです! いそがしいアクセルにかわって、いつでもここに駆《か》けつけます!」

「サンキュー。じゃ、さっそく登録しておくよ」

レン先生は保健室の奥《おく》にあるパソコンの前にすわって、キーボードをカチャカチャたたき始めた。

「ところで、ここはいったい……?」

「緊急《きんきゅう》レスキュールームとでも言っておこうかな。このパソコンには肥枇杷《ひびわ》高校の卒業生たちのデータが保管してあるんだ。卒業生みんなで在校生の心の健康を守ろうって、初代養護教諭《きょうゆ》が提唱したんだ」

そう言ってレン先生は壁《かべ》にかかった格言に視線《しせん》を送った。

(なるほど、そうだったのか)

ぼくは納得《なっとく》して窓《まど》の向こうを見つめた。くっきりとした水色の空がきれいだ。

「灰原《はいばら》、ニヤニヤしてどうしたんだ?」

「あっ、いえ、なんでもないっす」

「なんだよ、教えろよ」

「いやぁー『もうすぐ三年だなぁ』と思って」

「そっか。今の灰原《はいばら》なら高校生活最後のクラスでも楽しくやれるよ」

ベランダのハーブの鉢植《はちう》えが、太陽の光を浴びて、気持ちよさそうに葉を広げている。

ぼくはレン先生の言う通りになることを期待しながらうなずいた。

解説

心療内科医　反田克彦

◎視線《しせん》は怖《こわ》いもの?

灰原《はいばら》君はいつも人の目を気にしています。教室では先生にあてられないように存在感《そんざいかん》を消し、廊下《ろうか》でレン先生に会っても目をそらします。返事に困《こま》ると視線《しせん》を宙《ちゅう》にさまよわせます。「目は心の窓《まど》」というように、目には心や気持ちがあらわれるという面があります。隠《かく》しておきたい弱い自分が目を通して相手に知られそうなので、人は視線《しせん》を恐《おそ》れるのです。

視線《しせん》には、「見る」と「見られる」という正反対の二つの働きがあります。人間だけでなく、ライオンや犬でもそうですが、見る側が強い立場で、見られる側は弱い立場になります。また、視線《しせん》にはあたたかい「見守りの視線《しせん》」と、冷静な「理解する視線《しせん》」、厳《きび》しい「批判《ひはん》の視線《しせん》」の三つがあります。視線《しせん》を批判《ひはん》と受け取ってしまう人は、相手の目を見ることができません。

◎極度の人見知りは社交不安症《ふあんしょう》

灰原《はいばら》君は社交不安症《ふあんしょう》でした。灰原《はいばら》君がレン先生から受けた質問（127ページ）にあるとおり、人と目を合わせられない人や、人前に出ると頭が真っ白になる人が社交不安症《ふあんしょう》にあてはまります。アクセルこと筑紫大介《ちくしだいすけ》君も以前はそうでした。「ジャックナイフみたいな他人の視線《しせん》がオレのプライドを切《き》り裂《さ》く」という歌詞《かし》は、まさにそれをあらわしています。今でこそ黄色のスポーツカーに乗っていますが、前髪《まえがみ》で目を隠《かく》し、ミステリアスな雰囲気《ふんいき》を身にまとって本当の自分を出さないところにも、社交不安症《ふあんしょう》の側面があらわれています。

◎コミュ障《しょう》のなおし方

人見知りは生まれつきだからなおらないと思っていませんか？　そんなことはありません。コツをつかめばよくなります。まず一つは、胸《むね》のドキドキや手のふるえなど、体にあらわれる症状《しょうじょう》を軽くする方法です。これには冷水法と呼吸法《こきゅうほう》（140～141ページ）があります。もう一つは、考え方のくせをなおして行動することです。これを認知行動療法《にんちこうどうりょうほう》といいます。灰原《はいばら》君が挑戦《ちょうせん》したナンパ（150～151ページ）はこれを利用しています。ナンパは小説の世界のことで推奨《すいしょう》はしませんが、勇気を出して人に声をかけることはトレーニングになります。ことわられても、失うものは何もありません。コミュ障《しょう》をなおすには、まずは大きな声であいさつをすることから始めましょう。お芝居《しばい》だと思って他人になりきるのも一つの方法です。がんばって練習すれば臆病《おくびょう》なライオンは卒業できます。

あとがき

NHK「オトナヘノベル」番組制作統括　小野洋子

コンプレックスがない人なんていないですよね。この本の小説にあった「緊張《きんちょう》」や「人見知り」のほか、「太っている」「一重《ひとえ》まぶたがイヤ」などといった見た目についての悩《なや》みも番組にたくさん寄せられました。なかには、顔のコンプレックスを隠《かく》すためにずっとマスクをしているという人もいました。そして、その多くが「自分に自信がもてない」と言っていました。でも、よく考えてみてください。コンプレックスはあっても、それはあなたのほんの一部であって、すべてではありません。

小説の中に、人見知りに悩《なや》む主人公に対し、「鏡に映《うつ》る自分の姿《すがた》を見ながら長所を探《さが》させる」というシーンがありました。彼《かれ》は四つ見つけてうれしそうでした。そう、「コンプレックスはあっても、それを補《おぎな》うだけの長所があなたにはある」のです。だから、そんなにネガティブにならず、たまには自分をほめてあげてください。そして、自分のよいところをどんどんのばして自信をつけてください。気づいたらコンプレックスなんて忘《わす》れちゃっているかもしれません！

この本の物語は体験談をもとに作成したフィクションです。登場する人物名、団体名、商品名などは、一部を除き架空のものです。

〈放送タイトル・番組制作スタッフ〉

「マネする友だち どうすれば？」（2016年12月15日放送）
「もう緊張に負けない！」（2016年12月22日放送）
「今だ！ 人見知り克服大作戦」（2016年1月14日放送）
プロデューサー……伊槻雅裕（千代田ラフト）
渡邉貴弘（東京ビデオセンター）
ディレクター………藤井裕美、熊谷明彦、小林純也（千代田ラフト）
増田紗也子（東京ビデオセンター）

制作統括……………小野洋子、錦織直人、星野真澄

小説編集……………小杉早苗、青木智子

編集協力　ワン・ステップ
デザイン　グラフィオ

NHKオトナヘノベル　自分コンプレックス

初版発行　2018年3月
第4刷発行　2021年8月

編　者　NHK「オトナヘノベル」制作班
著　者　みうらかれん、長江優子
装　画　げみ

発行所　株式会社 金の星社
〒111-0056　東京都台東区小島1-4-3
電話　03-3861-1861（代表）
FAX　03-3861-1507
振替　00100-0-64678
ホームページ　http://www.kinnohoshi.co.jp

印　刷　株式会社 廣済堂
製　本　牧製本印刷 株式会社

NDC913　168p.　19.4cm　ISBN978-4-323-06216-7